Gonçal Mayos

# Hegel
# Dialéctica
# entre conflicto y razón

Barcelona **2024**
**Linkgua-ediciones.com**

## Créditos

Título original: Hegel. Dialéctica entre conflicto y razón

© 2024, Red ediciones S.L.

e-mail: info@Linkgua-ediciones.com

Diseño cubierta: Michel Mallard

ISBN tapa dura: 978-84-1126-277-4.
ISBN rústica: 978-84-9007-353-7.
ISBN ebook: 978-84-9953-874-7.

# Sumario

## Vida y obra

Presentamos la vida Hegel dividida en períodos según las distintas ciudades en que vivió; se trata de una práctica habitual que ha mostrado gran utilidad para periodizar la evolución vital e intelectual de Hegel. Ello no es casual ni accidental, pues cada uno de sus cambios de domicilio coincide con cambios importantes en sus condiciones vitales y además con evoluciones significativas en su pensamiento. Por eso asociaremos las ciudades donde Hegel vivió con las obras que allí concibió y/o escribió. Además visto en perspectiva, ese periplo indica mucho de las circunstancias políticas y culturales alemanas.

Como veremos, a pesar que Tübinguen no vivía su mejor momento, era un buen trampolín inicial para un filósofo, lamentablemente Hegel tuvo dificultades para llegar rápidamente a la madurez filosófica y, así, emular a sus amigos Hölderlin y Schelling. Estas dificultades presiden sus estancias y dilaciones en Berna, en Frankfurt e incluso en la Universidad de Jena, a la que le llama Schelling y, en aquel momento, la universidad estrella y la cuna del idealismo alemán.

Hoy podemos decir que en Jena Hegel consiguió su plena madurez, pero nadie lo percibió del todo pues su gran obra de ese momento —la *Fenomenología del espíritu*— es terminada y publicada en unas condiciones deplorables —ocupación militar napoleónica, vida universitaria reducida al mínimo, Hegel debe abandonar la universidad— que impiden que sea leída, bien valorada e interpretada por sus coetáneos. Abandonando Jena por Bamberg, Hegel tiene que luchar con la intromisión de la rueda de la historia, además de su lenta maduración y aún más difícil eclosión expresiva.

Antes de llevar a cabo su deseado salto a las grandes universidades de Heidelberg, especialmente, a la de Berlín, que en aquel momento representaban las etapas finales y culminantes de una carrera académica y filosófica *comme il faut*, Hegel debe ganarse la vida como editor de un periódico pronapoleónico en Bamberg y, luego, como director de un instituto de enseñanza media (un Gymnasium) en Nuremberg. Pero finalmente, después de importantes dificultades y dilaciones, ocupa un lugar clave en el sistema universitario alemán y su pensamiento —ya plenamente maduro y sistema-

9

tizado— se convierte en muy influyente, dentro y fuera del mundo filosófico germánico. Profundicemos en todo ello con más detalle.

### Stuttgart (1770-88). El hijo del funcionario

Georg Wilhelm Friedrich Hegel nace en Stuttgart en 1770. Es hijo de un funcionario de nivel intermedio: secretario de la oficina de hacienda. Provenía de una familia protestante que había emigrado de Austria cuando se les exigió la conversión al catolicismo. Además como más adelante en Niezsche y confirmando la opinión de éste que la filosofía alemana está amamantada con leche teológica luterana, en la familia de Hegel hay muchos casos de pastores protestantes.

Como era habitual en esas familias de clase media y siempre dignamente vinculadas al servicio del principado y/o de la fe luterana, el interés por la educación y la cultura era prioritario. Para ello no se solía reparar en gastos ni esfuerzos. En consecuencia Hegel se educó en la convicción (teorizada más tarde por Weber) que solo el esfuerzo y el reconocimiento social de la propia virtud ofrecen un signo de salvación. Pero el camino o vocación personal de Hegel no era de tipo económico, sino cultural, más bien académico-universitaria que estrictamente sacerdotal.

La madre murió cuando Hegel tenía 13 años, de unas fiebres hepáticas de las que ambos estuvieron gravemente enfermos. Así Hegel perdió muy pronto su referente principal en la familia, pues las relaciones con el padre eran distantes. Eso acentuó su tendencia al estudio esforzado, obediente, ordenado y sistemático que siempre le caracterizó, si bien probablemente facilitó que sustituyera la teología (a la que le destinaba la madre) por la filosofía. En Stuttgart Hegel estudió hasta terminar el exigente bachillerato alemán, el Gymnasium.

### Tübinguen (1788-93). Seminarista amigo de Hölderlin y Schelling

A los dieciocho años Hegel se desplaza a la ciudad universitaria de Tübinguen, entonces en decadencia, para formarse como pastor luterano. En el seminario protestante, sigue primero (1788-90) los estudios filosóficos concebidos como preparatorios de los teológicos que cursará inmediatamente (de 1790 a 1793). Por las raras coincidencias de la vida, en aquel decadente centro coinciden tres de las personalidades más potentes del momento. Naturalmente pronto funcionó lo que Goethe llamaría «afinidades electivas» y Hegel simpatiza inmediatamente con el que será uno de los mayores poetas alemanes (y en ese momento un espíritu filosófico de enorme calibre) Hölderlin y, al año siguiente, con el muy aventajado y precoz Schelling (que a pesar de tener cinco años menos gozaba de una admisión anticipada).

Los tres amigos comparten la crítica a la sociedad provinciana que les envuelve y, a pesar de mantener la religiosidad y gozar de una espiritualidad no ajena a la mística, pronto deciden conjuntamente apartarse de la mediocre perspectiva de la carrera de pastor a la que se los destinaba. Hölderlin (además de romper el compromiso de matrimonio con la hija de un pastor) decidió estudiar derecho en lugar de teología y, aunque Hegel intentó hacer lo mismo, su padre no le dio permiso. Para expresar sus nuevos intereses intelectuales y vitales, los amigos utilizaban una expresión kantiana que muestra a la perfección que se sentían progresivamente más cerca de una hipotética «iglesia invisible» (de los espíritus selectos que comparten grandes anhelos humanos) que no de la «iglesia visible» a la que se los destinaba.

Todos estos profundos cambios en las expectativas vitales de los tres amigos coinciden —y en absoluto de manera accidental— con tres acontecimientos de gran alcance. Los dos primeros son básicamente culturales y se centran en el mundo alemán. Por una parte se trata de la lenta pero cada vez más sólida influencia general del ilustrado Kant y de sus obras posteriores a la Crítica de la razón pura, especialmente su pensamiento ético y —más adelante— la polémica que tendrá con el gobierno al publicar sus esperados escritos sobre religión.

El segundo acontecimiento es la polémica «sobre el panteísmo») iniciada por la publicación de la obra del filósofo y pietista radical Jacobi Sobre la doctrina de Spinoza en cartas a Moses Mendelssohn. En ellas, Jacobi revelaba la confesión entonces inédita que le había hecho personalmente el gran literato alemán Lessing, el cual se había convertido al espinocismo. En contra de la voluntad de Jacobi, tal polémica solo consiguió convertir a Spinoza en un pensador muy importante para los jóvenes del momento. El más influido por Spinoza fue Schelling pero Hegel siempre tuvo como modelo el sistema y rigor especulativo espinocista, y Hölderlin tampoco permaneció ajeno a esa influencia.

El tercer gran acontecimiento era de naturaleza política, pero de enorme alcance para las ideas y las expectativas de futuro de las siguientes generaciones en Occidente: la llegada de las primeras noticias de la Revolución francesa. A Hegel y sus amigos les llenan de entusiasmo y esperanzas, pues deseaban que la revolución se extendiera por toda Alemania para que ésta volviera a entrar en la línea principal de la historia, de la que consideraban que había salido desde hacía décadas. Aunque la revolución no cuajó en el mundo alemán su influencia se hico notar muy pronto, sorpresivamente ya en 1791 de resultas de la batalla de Valmy.

Hay que reconocer que en ese momento y todavía durante bastantes años, Hegel es un estudiante muy esforzado, metódico y obediente —seguramente más que sus compañeros— y por ello es muy apreciado por sus maestros. Ahora bien, en comparación con genios precoces como Hölderlin y Schelling, su brillantez expresiva e incluso la profundidad filosófica alcanzada en este período son muy inferiores a las de sus amigos (los cuales, no obstante, le tienen en gran estima y valoración).

## Hölderlin

Friedrich Hölderlin (1770-1843) es conocido hoy día como uno de los poetas románticos más sutiles, metafísicos y a la vez líricos de la lengua alemana. Ahora bien, para el joven Hegel era sobre todo un gran filósofo idealista que, como él mismo, todavía no se había consagrado. Ciertamente la lectura de los escritos filosóficos de Hölderlin, fragmentarios pero profundos, así lo confirman, pero no pueden hacer sombra al poeta. Hölderlin se anticipa a sus amigos idealistas en valorar la importancia de la belleza y la poesía para la nueva filosofía, en concebir panteistamente la realidad como un todo orgánico y en considerar como la tarea clave filosófica y vital la unión de lo particular y lo universal, del individuo y la sociedad.

Ahora bien, con su novela epistolar *Hiperión*, su drama inacabado *La muerte de Empédocles* y sus grandes odas y elegías, pronto devendrá una perspectiva radicalmente alternativa a la hegeliana, tanto más cuanto comparten muchos aspectos. Así parece que Hölderlin piense en su amigo Hegel cuando avisa: «Siempre que el hombre ha querido hacer del Estado su cielo, lo ha convertido en su infierno», o bien «El hombre es un dios cuando sueña y un mendigo cuando reflexiona.»

## Primer programa del idealismo alemán (entre 1796 y 97)

Llamamos Systemprogramm o Primer programa del idealismo alemán a un escrito fragmentario del que solo nos ha llegado la última hoja escrita por las dos caras. Los expertos han fijado sin ninguna duda que la letra es la de Hegel, pero hay muchas más dudas sobre la autoría intelectual. Parece claro que se trata de un texto que circulaba probablemente en distintas copias y que era discutido en círculos filosóficos y políticos partidarios del naciente idealismo y de la coetánea la Revolución francesa. En forma programática se esboza la ordenación de un sistema, al que se considera como la tarea primordial de la filosofía en el futuro.

El fragmento conservado se inicia reclamando llevar a cabo una ética como (¿primera?) parte del sistema. Ahora bien por lo que se dice apunta a una compleja y nueva síntesis entre Spinoza (ya que debería contener «toda la metafísica»), Fichte (prioridad de la razón práctica por encima de la teórica) y Kant (se refiere explícitamente a sus postulados prácticos). Este sistema metafísico global que priorizaría la razón práctica, tendría como fundamento incondicionado el yo libre y su acción originaria (que se dice es la única «creación des de la nada» concebible). El sistema continuaría con una filosofía de la naturaleza que debería ir más allá de la física newtoniana y experimental, y luego se adentraría en la «obra humana». Aquí se muestra muy contrario al Estado (es una máquina que no permite la libertad) y partidario de la Revolución francesa, criticando la tesis kantiana de la «paz perpetua» y otras porque son «ideas subordinadas de una idea superior».

Afianzándose en Schiller, el texto afirma que esa idea superior es la belleza pues es la que «unifica todas las otras» ideas. Propone la inseparabilidad de razón y estética, de filosofía y poesía, atacando los filósofos incapaces de expresarse bellamente y hacer llegar su mensaje al pueblo iletrado. En esa dirección reclaman una «religión sensible» y una «nueva mitología», pero que estén al servicio de las ideas y de la razón. Así sería posible la armonía entre hombres cultos e incultos, y entre las distintas facultades humanas, produciéndose finalmente la «libertad e igualdad universal de todos los espíritus».

## Berna (1793-96) y Frankfurt (1797-1800). Oscuro tutor tras Hölderlin

A los veintitrés años, Hegel comienza a trabajar como preceptor de los hijos de una familia aristocrática en Berna. Hegel aceptó encantado, imaginándose a sí mismo iniciando de esta manera su camino propio e independiente de «libre pensador», que desarrolla sus propias ideas en libertad, compaginándolas con una digna tarea de «filosofo popular» que educa el pueblo en las nuevas ideas. Pero la realidad es muy diferente, a finales del XVIII el preceptor era considerado como un siervo, prácticamente igual que camareros o cocheros. Hegel y en general los preceptores del momento tienen un nivel cultural muy superior a sus señores, pero en cambio reciben un trato despectivo por parte de éstos y muy habitualmente deben llevar a cabo actividades que no responden a su cargo o nivel intelectual. Por ejemplo, se les exige que estén permanentemente a la disposición del señor para colaborar en la organización de la casa y que actúen de espías de sus pupilos para informar adecuadamente a sus señores. El *Werther* de Goethe refleja perfectamente esa situación y las angustias o contradicciones de todo tipo que provocaba.

Hegel no simpatiza con sus patronos ni tampoco con la sociedad de Berna, aunque compagina su actividad educadora y otros deberes con algunos viajes y estudios personales. Por ello, cuando puede reunirse con su amigo Hölderlin que le ha obtenido otro cargo de preceptor en Frankfurt, lo acepta encantado. Ahora ya no es una casa aristocrática sino burguesa más acorde con la mentalidad de Hegel (hay quien irónicamente destaca que se trataba de un comerciante de vinos). A los veintisiete años, Hegel viaja a Frankfurt y profundiza su amistad con Hölderlin. Ya bastante reconocido pues Schiller lo potencia públicamente, pero con famosos problemas amorosos, Hölderlin sabe que Hegel tiene los pies más sólidamente anclados al suelo y que, por tanto, puede ayudarlo a recobrar el equilibrio personal.

Aunque ciertamente durante los próximos años Hölderlin llevará a cabo el núcleo más brillante de su producción, la hipotética influencia positiva de Hegel no fue duradera, pues su amigo pronto se apagará en una larga y beatífica locura. Por su parte y bajo la influencia de Hölderlin (que acaba de publicar el primer volumen de su *Hiperión*), en este momento el racionalista y burgués Hegel conecta con el naciente romanticismo como nunca después. Por ello, aunque más adelante menospreciará siempre el sentimentalismo y la ingenuidad político-social de los románticos, escribe en este momento algunas obras bajo su influencia, destacando el poema «Eleusis».

Aunque los románticos e idealistas alemanes —incluyendo Hegel— comparten un mismo anhelo de libertad y de absoluto, en general y especialmente Hegel lo buscan de manera relativamente diferente. Así los románticos exaltan el sentimiento y las pasiones, mientras que Hegel los valora pero siempre sometidos y al servicio de la razón. Frente a una sociedad donde domina la hipocresía o un Estado sometido a la ambición de poder, los románticos divinizaran la naturaleza, el ámbito puro donde el hombre encuentra su sosiego y puede comunicarse con los dioses. En cambio Hegel considera siempre la naturaleza como inferior a la sociedad y al Estado, pues en ella el espíritu está como inconsciente de si; al contrario, piensa Hegel, solo en la sociedad, el Estado y la cultura, la humanidad está «en su verdadera casa» y puede superar la alienación cosificada e inconsciente de lo meramente natural.

Con notable retraso con respecto a sus amigos, en 1798 Hegel lleva a cabo su primera publicación. Mientras tanto Hölderlin ha alcanzado ya una voz poética genial que comienza a ser reconocida (aunque no tanto como más adelante) y Schelling es saludado ya unánimemente como el más brillante joven talento filosófico del momento y triunfa en la Universidad de Jena, reconocida unánimemente como el centro de la «nueva» filosofía idealista. En cambio Hegel, el futuro creador del sistema más completo y sólido del idealismo, es todavía simplemente el amigo fiel de ambos; muy bien dotado y tremendamente trabajador, pero que no ha explotado y parece desperdiciar su talento con escritos abstrusos que no se atreve a hacer públicos. Todo ello le convierte en el fiel escudero y, a la vez, amigo desafortunado a proteger que es ideal para unos Hölderlin y Schelling ya convencidos de su genio personal y prácticamente consagrados. Seguramente por ello y a pesar que Hölderlin y Schelling permanecen más cercanos al espíritu romántico que triunfa en el mundo germánico, se muestran más distanciados entre sí, mientras parecen competir por atraer y proteger al fiel pero lento Hegel.

Hölderlin lo ha llamado con él a Frankfurt y Hegel ha acudido agradecido y entusiasta, pero ahora escribe a Schelling para que le facilite el salto a la Universidad de Jena. Esta universidad ha visto la expulsión bajo acusación de ateismo del gran filósofo del momento Fichte, con lo cual Schelling aparece como su sucesor y puede ver en Hegel su primer discípulo o fiel escudero. Por ello Schelling responderá rápidamente y conseguirá un puesto para Hegel. Además prácticamente a duo, elaboraran una revista filosófica, delegando progresivamente Schelling las tareas publicistas en Hegel, ayudándole a que finalmente escriba y exprese la filosofía que lleva dentro.

Aunque en este período no parece insinuarse en el horizonte, los estudiosos percibimos en los escritos y la biografía de ése momento concreto de la evolución de Hegel, Hölderlin y Schelling, los indicios de una profunda inversión. El brillante talento poético pero también de creación filosófica a través de la metáfora, el símbolo y los tropos de la poesía de Hölderlin explota como una deslumbrante nova, pero se apagará lamentablemente poco después. También la brillantez, creatividad y capacidad de reinventarse de Schelling alcanza altísimas cotas, pero pronto comienza a verse que será al precio de ensimismarse y de que su evolución deberá hacerse en adelante en privado, escribiendo mucho pero publicando poco, dialogando agudamente consigo mismo pero permaneciendo progresivamente apartado del mundo.

Superando importantes dificultades y a través de una larga evolución, solo Hegel conseguirá cumplir o, al menos aproximarse, al objetivo de un sistema idealista omnicomprensivo y desarrollado en todas sus partes. Los tres amigos componen y comparten (alrededor de 1797) el llamado «Primer programa de sistema del idealismo alemán». Significativamente este «programa», en aquel momento compartido por todos ellos, fue primero imputado por los estudiosos a Schelling, hoy parece que su principal inspirador es Hölderlin; pero sabemos que el documento a través del cual nos ha sido transmitido tiene la caligrafía de Hegel y que, solo él (con importantes cambios de perspectiva, eso sí), confeccionó mucho más tarde algo así como un sistema completo y mínimamente estable dentro de la perspectiva general del idealismo alemán.

Pero no anticipemos acontecimientos, pues esto sucederá mucho más tarde y para ello Hegel tendrá que superar muchas dificultades externas y también internas, imputables a sí mismo. Pues, de los tres amigos, Hegel era al que le costaba más expresarse e impresionar al público. Solo muy lentamente va atreviéndose cada vez más a mostrar su análisis de la realidad y a dialogar en la esfera pública de lo que en la época se llamaba «la república de las letras». Ciertamente le costará mucho todavía conseguir a Hegel el reconocimiento y —como veremos— deberá superar dificultades de todo tipo, pero el amable lector puede ya percibir que al final del período de Frankfurt (precisamente cuando cambia la influencia más directa de Hölderlin por la de Schelling) está ya poniendo los fundamentos filosóficos de su propia evolución personal. A partir de entonces, sorprendentemente, se invierten los papeles con sus geniales amigos.

No obstante, por el momento Hegel todavía necesita espaldarazos externos como la ayuda de sus amigos. También le será de ayuda la triste circunstancia de la muerte de su padre (con el que ciertamente no se llevaba demasiado bien) en 1799, poniendo en manos de Hegel una pequeña herencia que le permite una disponibilidad económica imprescindible para hacer el salto a la docencia universitaria. Hegel renuncia al sueño de un «libre pensador» o «filósofo popular» que educará el pueblo desde el ejercicio independiente de la filosofía y la docencia. Aún más claramente renuncia al sueño, que también tuvo, de ser un poeta romántico como su amigo Hölderlin. En cambio abraza el deseo de emular su otro amigo Schelling, que en ese momento triunfa como filósofo y profesor en la Universidad de Jena.

Humilde y lúcidamente, ahora que ha muerto su frío padre funcionario, Hegel comprende que él también necesita la institución para proyectarse. Su filosofía deberá hacerse en el seno (aunque no necesariamente de forma acomodaticia —como se le acusa-) y en diálogo con la sociedad mundana y la historia real (lo que llamará «espíritu objetivo»). Hegel decide convertirse en un filósofo funcionario, un servidor del Estado —sí— pero consciente que solo con gente como él, el Estado y sus instituciones pueden convertirse en racionales y hacerse rigurosamente autoconscientes (eso ya sería, piensa Hegel: «espíritu absoluto»). Tal opción no dejaba de ser arriesgada en aquel momento pues las universidades estaban desprestigiadas después de décadas permaneciendo al margen de los grandes movimientos modernos y estando sometidas al nepotismo de los poderes cercanos.

El resurgir de las universidades modernas se iniciará con la Universidad de Jena y la nueva concepción del intelectual filósofo que, siguiendo Kant, puede compatibilizar el uso «público de la razón» (por medio del cual se dirige libremente, conforme con su personal apreciación de las cosas y a través de sus escritos al conjunto del género humano) con el «privado», que resulta de ejercer un cargo o docencia pagada por alguna institución estatal o universidad. Un tanto paradójicamente, Schiller y Fichte destacan la responsabilidad moral y áurea heroica de este nuevo educador que, desde las cátedras, incita los discípulos a asumir la desprendida investigación intelectual y ha fundamentar intelectualmente el mundo moderno.

La nueva concepción de universidad que olvida el gremialismo heredado de las medievales, renueva los modernos conocimientos y disciplinas, y termina de enterrar las reminiscencias escolásticas, solo se consolidará más tarde en 1810 con la creación por Humboldt de la nueva Universidad de Berlín. Pero, en el momento de cambio de siglo, Hegel se ha decido y quiere ser filósofo de la realidad, conocedor del efectivo mundo social, testimonio especulativo de la historia humana entera, instrumento racional del espíritu objetivo para devenir espíritu absoluto, a la vez portador y notario de la «Idea»... Y para ello necesita de la universidad, especialmente la más creativa del momento: la de Jena, de la que les había dado noticias muy pronto Hölderlin, quien brevemente se había integrado en sus círculos románticos y había descubierto Fichte, y donde ahora brilla Schelling.

## Schelling

Friedrich Wilhelm Joseph Schelling (1775-1854) es con Fichte el filósofo idealista más precoz y brillante, pero se diferencia de éste y de Hegel en priorizar la investigación naturalista por encima de la político-social y, además, en ser mucho más constante y profunda su vinculación con el Romanticismo. Por eso Hegel, interpreta a Schelling como la mediación de un «idealismo objetivo» entre el «subjetivo» de Fichte y su propio «idealismo absoluto». Además le criticará su fallido intento de fundamentación a partir de una dogmática «intuición intelectual» y su posterior deriva poco «racionalista» y «conceptual», por ejemplo desarrollando una potente filosofía de la mitología que Hegel no podía aceptar.

A pesar de su pronta y acelerada publicación de la que destacamos: *Las ideas para una filosofía de la naturaleza* (1797), *Sobre el alma del mundo* (1798), *Sistema del idealismo trascendental* (1800), *Bruno o sobre el principio natural y divino de las cosas* (1802), *Filosofía y religión* (1804) e *Investigación sobre la esencia de la libertad humana* (1809), Schelling deja sorprendentemente de publicar a partir de 1811, si bien continuó escribiendo y dando influyentes clases universitarias.

## Jena (1801-7). Tras Schelling ¿y superándolo?

Ya en Jena, Hegel defiende su tesis de «habilitación» para poder acceder a la docencia, aunque únicamente consigue un puesto provisional, remunerado por los mismos estudiantes y en función de su número. A pesar que solo puede mantenerse por la herencia del padre, Hegel a los treinta-un años finalmente está en su propio ambiente, donde en el fondo siempre ha deseado estar: la nueva universidad. La interpreta como conjunción de espíritu objetivo y espíritu absoluto; aún más, como la institución encargada de que el primero (que incluye los aspectos más inmediatos de la sociedad hasta su suprema institucionalización estatal) alcance su autoconciencia y perfecto conocimiento filosófico.

Ésta es la tarea que Hegel asume para sí, la que defiende para la universidad y la que inculcará a sus discípulos. Pues incluso el joven Marx se piensa y proyecta en la vida universitaria hasta que, como todos los hegelianos de izquierdas y aquellos de derechas que «recuerdan» en exceso al maestro

Hegel, son sistemáticamente expulsados. Solo tras la expulsión, Marx devendrá esa especie de «libre pensador» proletario que se proyecta y escribe en los nuevos medios periodísticos, editoriales o de los crecientes partidos de masas —siempre a «extramuros» de la institución universitaria— y que con Lenin mostrará que pueden liderar revoluciones.

En 1801 Hegel publica por primera vez sobre tema filosófico un importante escrito en que, significativamente, compara los sistemas idealistas ya reconocidos de Fichte y Schelling. Hegel es en este momento para el público filosófico simplemente un seguidor de Schelling, pero ese escrito le sirve ya para intuir su aportación personal y diferenciada respecto el amigo. A partir de ese momento, Hegel se comienza a prodigar publicando en la revista que edita con Schelling; si bien ello conllevará su lento distanciamiento, pues Schelling no parece aceptar de buen grado la lenta eclosión en Hegel de una filosofía propia. No sabemos si afortunadamente o lamentablemente, Schelling se traslada en 1803 a la nueva Universidad de Würzburg, se cierra la revista que ambos publicaban y Hegel se queda de nuevo solo y sin la mínima proyección que le daba la asociación con Schelling. Pero por eso mismo, Hegel gana tiempo para proyectos más ambiciosos que incluyen una perspectiva filosófica ya plenamente independiente de Schelling.

Aunque busca y pide desesperadamente a todos sus conocidos (incluyendo Goethe) algún puesto universitario más remunerado que suavice sus penurias, Hegel no lo consigue e incluso ve como la Universidad de Jena le antepone el recién llegado Fries. Además hay una profunda antipatía entre ambos que, incluso, va más allá de su totalmente diferente concepción de la filosofía. Mientras tanto Hegel se resiste a publicar, incluso textos que ya ha escrito y que sabe valiosos. Está pendiente de una obra realmente importante y que dé la medida de «su sistema»: la filosofía sistemática que desde hace tiempo considera su objetivo primordial y la tarea última de cualquier filósofo.

Es curioso constatar como Hegel va creciendo y, sobretodo, proyectándose públicamente a medida que se van apagando sus más inspirados amigos Hölderlin y Schelling, ambos con una prodigiosa explosión productiva y proyección pública muy jóvenes. Como hemos dicho, de una manera muy rápida y brutal Hölderlin se hunde en la locura y si, ciertamente, Schelling continuará evolucionando y reflexionando incluso más allá de la muerte de

Hegel, en pocos años dejará prácticamente de publicar. Paradójicamente mientras Hegel va presentando su candidatura «en la república de las letras» como filósofo y sistema cruciales de la época, Schelling que había llevado a cabo su formación «a la vista del público (como dirá Hegel, sin duda contraponiéndolo a sí mismo, a su lenta y «privada» evolución que retarda mucho las publicaciones), en adelante va a continuar su evolución en gran medida de forma privada, sin demasiadas comunicaciones por escrito.

Ahora bien, de momento las dificultades son para Hegel: el dinero de su herencia se agota, carece de trabajo fijo, el público lo ve simplemente como «el discípulo» de Schelling, éste le ha dejado atrás al cambiar de universidad, ya no puede publicar en la revista que editaban pues sin Schelling deja de ser viable y se contrata en su propia universidad a Fries —que se convierte en su peor enemigo—. Al acuciado Hegel, solo le queda buscar desesperadamente un puesto remunerado y desesperadamente escribir su «gran libro», «su sistema». Ello se concreta en la acelerada confección, nerviosa redacción e inspirada concepción (todo ello se nota en el texto) de la *Fenomenología del espíritu.*

Se trata de la obra con la que Hegel encuentra finalmente su estilo y perspectiva filosófica; en cierto sentido es su obra más fascinante y profunda. Ahora bien, también es de todas su grandes obras la que tuvo menor impacto en su momento, la que chocó más directamente con la mentalidad dominante y la que estuvo más marcada por las adversas circunstancias políticas e históricas. Paradójicamente la obra que tenía que pensar a fondo la realidad más cruel, para elevarla a saber absoluto, resultó cruelmente afectada por esa realidad hasta el punto que su mensaje —ese saber absoluto— quedó enmudecido para todos hasta su final revalorización a finales del siglo XIX e inicios del XX.

El editor nervioso se desespera ante la lentitud de Hegel y el crecimiento imprevisto y desaforado de la *Fenomenología del espíritu*; el contrato de publicación peligra, Hegel recibe la noticia de la concepción de su hijo ilegítimo Ludwig Fischer (que además de problemas morales y sociales, comportaba importantes gastos imprevistos) y, además, la historia arremete en contra de Hegel y del libro que habría de elevarla a saber absoluto. Napoleón invade Weimar y lleva a cabo una de sus más cruciales batallas ante Jena, provocando que la universidad prácticamente se cierre, que Hegel deba abandonarla y que las esperanzas puestas en *La Fenomenología* se desvanezcan; pues en una situación así ¿quien puede leer? Aún más ¿quien puede leer ese libro tan complicadamente diabólico y rompedor? Hegel lo intuye: ¡nadie!

Paradójicamente, la *Fenomenología del espíritu* sin duda la obra más potente para descifrar las complejas «astucias» y conflictividades de inicios del XIX, resulta poco valorada y más rápidamente olvidada en favor de otros discursos que no profundizan tanto en la trágica conflictividad de la época. La *Fenomenología* era sin duda el obra filosófica más adecuada y potente para pensar (sin despreciar ni disolverlas ingenuamente) la cruel emergencia de la despiadada modernidad, las duras pruebas de la historia y de la vida — por entonces— en el militarmente derrotado y parcialmente ocupado mundo alemán. La *Fenomenología del espíritu* buscaba capacitar para descifrar las «astucias de la razón» que son a la vez trágicas y lógicas, a la vez destructivas y constructivas, y que definen el desarrollo humano a la vez en lo cognoscitivo, en lo social y en la aspiración o explicitación del absoluto.

Ya instalado en Berlín, el Hegel viejo exagerará cuando dirá que había acabado de escribir la *Fenomenología del espíritu* bajo el ruido de los cañones napoleónicos porque, en realidad, ya había terminado de redactar el cuerpo (no así el famoso prólogo) poco antes de la victoria napoleónica de Jena-Auerstädt. Ciertamente era una buena justificación del muy escaso éxito cosechado por la primera gran obra hegeliana. Incluso, la necesidad imperiosa de acabarla antes del 18 de octubre de 1806 podía justificar algunos importantes desequilibrios internos, en su concepción y en su febril redacción. Ahora bien las circunstancias históricas que envolvieron a la *Fenomenología* no podían esconder que a Hegel le había costado mucho encontrar un lenguaje filosófico propio desde el que encarar la tarea filosófica de su tiempo y que, con esa obra, lo lograba pero al precio de una enorme complejidad.

Ahora bien, el estudioso acostumbrado a resaltar la dificultad de la *Fenomenología* o del estilo filosófico hegeliano de ese momento a veces olvida que éstos erean perfectamente comparables en dificultad a los de sus grandes coetáneos: Reinhold, Fichte, Schelling, Novalis, el Hölderlin filósofo, etc. Y que, además, tampoco el posterior estilo más maduro, pero también menos espontáneo, del Hegel de Berlín no se caracteriza precisamente por permitir una fácil lectura.

Ahora bien, hay que reconocer que Hegel nunca cayó en el fácil recurso (absolutamente contradictorio con su manera de pensar) de culpar las circunstancias históricas —en concreto la invasión napoleónica— de sus problemas de por entonces. Muy al contrario, los «cañones» napoleónicos simbolizaban para Hegel el traslado al cerrado mundo alemán de la Revolución francesa y de la nueva dinámica moderna, que era precisamente lo que la *Fenomenología del espíritu* debía pensar filosóficamente y elevar a Idea.

Tal y como transforma e interpreta Hegel la expresión de Esopo «Aquí es la rosa, aquí baila», se ve que la aspiración hegeliana es captar a la profunda racionalidad realizándose dialécticamente bajo la cruel y trágica historia humana. La historia actual penetrando como un huracán en el caduco, retrasado y todavía cortesano mundo alemán no tiene porque ser —piensa Hegel— un espectáculo agradable ni inmediatamente venturoso; la concreta y particular realidad nunca lo es para los finitos, personales y singulares seres humanos implicados. Los nuevos tiempos son especialmente terribles cuando introducen cambios y hacen aflorar conflictos que quizás han sido larvados durante siglos. Por eso, Hegel saluda las tropas napoleónicas —por otra parte invasoras— como liberadoras de un mundo fosilizado y que se resiste a actualizarse; en cierto sentido (y aplicando la metáfora del naciente Sturm und Drang) son interpretadas como los truenos que anuncian la tormenta y la posterior lluvia benefactora, germinal, fructífera...

Como dirán Marx, Luckacs o Marcuse, los jóvenes pensadores idealistas alemanes, conscientes de que el retardo social, político y económico de su país les vetaba la revolución política «real» que hacían los franceses; veían con buenos ojos, la extensión de la revolución a sus propios países, al menos durante los primeros y entusiastas momentos. Había aquí, en parte, una clara conciencia de inferioridad política que, no obstante, era de sobras compensada por la confianza en las propias capacidades intelectuales. Las veían suficientes para llevar a término una revolución espiritual (más real y efectiva, «wirklich», que la política de Francia) armados con la potencia especulativa que, desde Kant o incluso Leibniz, resultaba del adecuado cultivo del «espíritu de seriedad» en la filosofía alemana. Era ésta una perspectiva exten-

**24**

samente compartida, pero nadie como Hegel y su obra la *Fenomenología del espíritu* conseguirá implicar dialécticamente y tan intrincadamente las dualidades: vida y pensamiento, historia y filosofía, empiria y lógica, realidad desconceptualizada y concepto de la realidad...

Culminando la consigna hegeliana «Aquí es la rosa, aquí baila», la esencia más radical de la *Fenomenología del espíritu* estriba en superponer dos discursos que así se potencian y explican mutuamente: por una parte el dramático conflicto vital e histórico, y por otra la fría lógica que muestra la racionalidad de aquel conflicto. El primero concreta, encarna y anticipa dramáticamente el segundo; el cual a su vez conceptualiza y conoce racionalmente el sentido desdramatizado del primero. Dos discursos —el pantrágico y el panlógico— que acontecen complementarios, pese a los que un abismo ontológico y vital —como veremos en el apartado siguiente— separa irremisiblemente.

## La Fenomenología del espíritu

La complejidad de la *Fenomenología del espíritu* resulta en gran medida de presuponer la necesaria traducción constante y simultánea de dos discursos profundamente contrapuestos. Aún más, es la interrelación (más que mera suma mecánica) de dos perspectivas o de dos discursos tan diversos como ontológicamente incompatibles. En la *Fenomenología* no se expone en absoluto ningún desarrollo cognoscitivo «tranquilo», al contrario se expone una experiencia trágica y tan decisiva como para que en ella se juegue el ser más profundo y esencial de quien la protagoniza (es decir el «ser» y la «vida» de cada una de las figuras de la conciencia que componen la *Fenomenología*).

Además nada cambia ni puede reducir en nada tal tragedia, aunque paralelamente se expongan también las profundas y frías consecuencias lógicas de tal trágica experiencia desde la perspectiva de la conciencia filosófica madura (QUE PREVIAMENTE YA HA HECHO EN SU CARNE AQUELLA DRAMÁTICA EXPERIENCIA) y que ahora simplemente las analiza especulativamente. Es decir, esa madura conciencia filosófica, más que revivir aquellas terribles experiencias, las recuerda ahora como mero material conceptual para sus análisis y sus conclusiones gnoseológicas y de todo tipo. Para Hegel solo ésta es capaz de conocer rigurosamente («en y para sí» dice) y elevar a Idea lo que aquella otra conciencia había vivido con angustia, dramatismo y desconcierto («para sí» dice).

En tanto que la *Fenomenología del espíritu* fue escrita para filósofos versados, Hegel alude a la conciencia filosófica madura usando la primera persona del plural «nosotros», presuponiendo que el lector es capaz de comprender la lógica racional («en y para sí») que preside todo el desarrollo de la *Fenomenología*. En cambio y para distinguir las perspectivas, cuando Hegel expone lo «en sí» vivido por la conciencia que hace la experiencia (por primera vez, para decirlo así) suele usar la tercera persona del singular «él» o «ella», aunque en algunos casos muy significativos usa la primera persona del singular «yo». Con ello quiere significar sin duda que todos vivimos nuestra vida personal, privada, singular y particular como un yo trágicamente desorientado, angustiado porque siente amenazada lo que cree su única realidad: su yo.

Todos vivimos irracionalmente inconscientes de lo que nos liga con el todo racional, con el logos que hay en la realidad y se realiza en la historia. Solo algunos y solo después de haber madurado a través de dramáticas experiencias vitales, pero también de haber desarrollado la fría capacidad especulativa del filósofo, pueden conocer esa racionalidad que a todo y a todos nos penetra, y así elevarse a un conocimiento riguroso que es, necesariamente, universal y común. Si bien, resulta imposible la comunicación entre el «yo» o el «él» que viven con todas sus consecuencias, y el «nosotros» que se limita a conocer fríamente..

El objetivo filosófico básico de Hegel era identificar o reconocer (*erkennen*) lo real y efectivo en medio de los conflictos más profundos, las desgracias más terribles o las circunstancias particulares más incomprensibles. Quería hacer filosóficamente científico —es decir, mostrar su racionalidad— el caos de los acontecimientos, mostrando que por debajo de su dispersa variabilidad había algo que (al menos dentro del estadio histórico, cognoscitivo y vital en que se plantea) muestra una racionalidad irrebasable, radical, insuperable, sustancial en cuanto que encuentra en sí misma su plena legitimación... en definitiva algo «absoluto».

Ahora bien, para que se evidencie esa irrebasabilidad, radicalidad, insuperabilidad, sustancialidad y absolutez racional hace falta que se la muestre emergiendo desde el irreductible conflicto dialéctico, con toda su negatividad, alienación y particularidad. «Yo» o «él» deben vivir «en sí» y a fondo su conflicto particular, pero la dialéctica debe elevarlos (pero siempre post factum) a la reconciliación con lo que entre todos han hecho (en y para sí), que solo el filósofo tendrá y podrá certificar científicamente.

En definitiva, piensa Hegel, es necesario que la dialéctica intrínseca a la existencia empírica particular de los «yo» (p.e. con guerras o dramáticas incomprensiones, incluso para con uno mismo) muestre su valor «lógico» universal, supremo y absoluto, precisamente e inevitablemente, destruyéndose como tal particularidad. Solo entonces devendrá otra figura de la conciencia, también particular, que más adelante también deberá ser superada. Solo del recuerdo de esta trágica vivencia y, sobre todo, de su conceptualización lógica, surge para Hegel el conocimiento filosófico que, precisamente por no ser ajeno al drama vivido, capta su racionalidad absoluta.

Dice Hegel: «conceptualizar lo que es, es la tarea de la filosofía, puesto que lo que es, es la razón. Con respecto al individuo, cada uno es —además— hijo de su tiempo; ahora bien también la filosofía es su tiempo captado en pensamientos.» La *Fenomenología del espíritu* es para Hegel su primer gran intento de realizar y culminar la tarea filosófica de dar cuenta del todo (no solo de alguno de sus aspectos concretos como las ciencias especializadas), mostrando sus dificultades y el complejo camino para su consecución.

La *Fenomenología del espíritu* es para muchos una de las cumbres de la filosofía de todos los tiempos precisamente por poner de manifiesto la dialéctica que une experiencia y conceptualización, sin por ello olvidar la profunda incompatibilidad entre el vivir y el filosofar. Pues hay un profundo abismo (que es posible que luego Hegel tendiera a minimizar, si bien nunca olvidó) entre, por una parte, vivir o cabalgar sobre el «tigre» desatado e imprevisible que es la realidad en su devenir (aunque se pretenda ser «el portador» del «espíritu universal» en ese momento dado); y por otra parte, obtener el conocimiento especulativo absoluto reconociendo, «perdonando» y «reconciliándose» con las inevitables tragedias vitales e históricas.

Hegel reconoce lúcidamente en la *Fenomenología del espíritu* la diferencia ontológica que hay entre ambas «perspectivas», aunque el «saber absoluto» solo puede nacer de la reconciliación dialéctica «post factum» entre lo efectivamente experimentado en la propia singularidad y sus resultados efectivos válidos universal y racionalmente.

### Bamberg (1807-1808). Defendiendo a Napoleón

Después de tener que abandonar Jena, de perder un puesto solicitado en la Universidad de Heidelberg que obtiene su «enemigo» Fries, Hegel acepta dirigir el *Bamberg Zeitung*. Puede sorprender al amable lector demasiado influido por los tópicos al uso, que un filósofo, además tan especulativo y «difícil» como Hegel, pudiera dirigir un periódico. Ahora bien, ya en su etapa anterior en Jena Hegel había afirmado que: «Leer el periódico de la mañana es la plegaria matutina del realista», entendiendo por «realismo» orientarse hacia el mundo y su realidad. Así Hegel se oponía al idealismo utópico e ingenuo del que cree que tiene una vía privilegiada con Dios que le garantiza conocer la realidad, sin tener que atender a ella en tanto que tal, es decir sin esforzarse en analizarla y penetrar en su intrínseco funcionamiento.

Recordemos que en la *Fenomenología* ha resaltado Hegel que el «saber absoluto» al que puede acceder el filósofo no goza de las famosas características que habitualmente pretende la humana voluntad de saber y de dominio: prever para dominar el futuro. Como mucho, la lechuza de Minerva que es el filósofo puede conocer de forma absoluta (recordamos irrebasable, radical, necesaria y mostrando la idea racional) lo acontecido, pero al precio de perder su viveza y terribilidad, para ganar y poner de manifiesto lo lógico, dialéctico, gris y racional en su recuerdo.

Por ello el filósofo idealista Hegel —aparentemente desgajado del mundo— se propone leer el periódico matutino como un ejercicio necesario para iniciar la tarea esencialmente filosófica de pasar de la anécdota circunstancial a la verdad histórica y especulativa. Solo así puede entenderse que Hegel salude admirado al invasor Napoleón (el «espíritu universal a caballo» lo llama) que ocupa y despuebla de alumnos la universidad donde tanto le ha costado trabajar. Hegel incluso puede sospechar que le condenará además a un más o menos largo periodo alejado de su sueño de vida académica, dignamente funcionarial y fríamente filosófica, donde su vida se mostrará más trágica, menos predeterminada, más azarosa pero, quizás, no menos interesante.

Es curioso que precisamente en esta etapa absolutamente imprevista para Hegel de su vida (que, de forma curiosa, incluye la dirección de un diario cultural pronapoleónico) evolucionara, rompiendo el equilibrio de la *Fenomenología* y subordinando la vertiente pantrágica en favor de la panlogicista. Sorprendentemente, esa evolución interna del pensamiento hegeliano coincide con lo que dice que es su oportunidad de vincularse más directamente con los acontecimientos históricos: «podré proyectar mi curiosidad sobre el seguimiento de los acontecimientos del mundo» —dice—. Y acaba haciendo una declaración muy de su talante: «tan seductor como el aislamiento independiente {típico del filósofo exigente} es que todo el mundo deba mantener una conexión con el Estado, y trabajar en su nombre {...}. No voy a llevar realmente una vida privada, porque no hay hombre más público que el periodista.»

Evidentemente el *Bamberg Zeitung* no era del tipo de los actuales periódicos y parece ser que lo escribía en su casi totalidad Hegel, sin embargo atendía a las noticias clave del momento tanto políticas como culturales. Hegel desarrolla en él una línea editorial claramente en favor de Napoleón que entonces era el dictador que controlaba toda aquella extensa zona de Alemania y estaba en confrontación directa con Prusia. Hay que decir que las opiniones personales de Hegel encajaban perfectamente en aquel momento con la posición que necesariamente tenía que defender. Es muy conocida la valoración hegeliana —casi adoración— por Napoleón en quien veía la encarnación «a caballo» del espíritu universal, el «gran hombre» que en ese momento era depositario del destino de la humanidad y de la razón de la historia.

Ya en *Bamberg*, apareció finalmente la *Fenomenología*, como se dice «naciendo muerta desde la misma imprenta». Por otra parte algunas críticas explícitas que se contenían en ella contra la filosofía de Schelling, además de la definitiva constatación que Hegel tenía un camino filosófico propio e incompatible con su amigo, sellaron la ruptura de su vieja amistad. En adelante Schelling y Hegel se vigilan a distancia como dos perspectivas adversarias del idealismo, que compiten por liderar tal movimiento. Pero como hemos apuntado y aunque deberemos esperar todavía un poco para que se constate plenamente, ya se intuye la futura inversión de posiciones que llevará a Hegel a triunfar en la Universidad de Berlín.

Aunque dirigir un periódico no es tan contradictorio con la concepción hegeliana de la filosofía como se suele creer, lo cierto es que Hegel aspiraba a descifrar la racionalidad de la historia humana y la realidad, más que a narrar sus azares concretos o reseñar sus particulares circunstancias. La mirada y la especulación hegeliana se alza siempre a grandes distancias geográficas o temporales (la *longue durée* de los historiadores franceses de los Anales). El campo natural de Hegel es la macrohistoria y la macrofilosofía; no la pequeña historia de los acontecimientos singulares, de pobres efectos y de corto alcance; tampoco la filosofía erudita, detallista y ceñida a la autoridad de los pensadores analizados.

## Napoleón, como ejemplificación

El triunfante Napoleón podría haber obtenido mucho provecho si hubiera leído la hegeliana *Fenomenología del espíritu*, pero sus intereses se decantaban por el *Werther* de Goethe, entrevistándose con éste en Weimar. Como perfectamente teoriza Hegel, el Emperador no podía concebir, cuando estaba en la cumbre de su gloria, la proximidad de su caída ni la imposibilidad de trascender la breve figura de la conciencia que había tenido la suerte de encarnar; al contrario: no podía sino vivir el siguiente paso de la historia como su «muerte».

Napoleón que, en un primer momento, había sido muy bien recibido por muchos intelectuales prorevolucionarios alemanes, lleva a cabo una despótica ocupación y va perdiendo esas complicidades. Fichte, que había Estado un declarado defensor de la Revolución francesa, considera en adelante que Napoleón la ha traicionado e invoca en los *Discursos a la nación alemana* que ésta retorne a la verdaderamente había sido su fuerza tradicional, la «Bildung», la fuerza del espíritu y de la cultura. Ante la derrota y ocupación del mundo alemán, Fichte recuerda que le resta todavía la gran herramienta regenerativa: l'educación. Por su parte, Beethoven retira la dedicatoria a Napoleón que había puesto en su *Tercera sinfonía «Heroica»*.

No obstante y un tanto sorpresivamente, Hegel mantiene su exaltación de Napoleón a quien denomina «ánima del mundo» y «espíritu universal a caballo» incluso después de haber provocado que la universidad alemana más brillante del momento, perdiera sus grandes talentos, estuviera entonces casi sin alumnos, le condenara a él mismo a abandonar la carrera universitaria durante dios años e, incluso, limitara en mucho las ya escasas posibilidades que la recién nacida *Fenomenología del espíritu* tenía de ser leída y correctamente interpretada.

Napoleón había obligado a la más grande potencia militar terrestre de la época —Prusia— a entregar todo su territorio al oeste del Elba y a refugiarse en sus lejanos territorios orientales. También había creado a imagen y semblanza de sus intereses una Alianza del Rhin (1806) con la mayor parte de los príncipes alemanes (pero significativamente sin Austria ni Prusia), erigiéndose él mismo como su «protector» y, además, creando el Reino de Westfalia para su hermano Jerome (1807). Con un nepotismo extremo, un año antes, Napoleón ya había puesto como rey de Nápoles a su hermano Joseph (el mismo a quien, dos años después, entregará el trono español) y había creado el Reino de Holanda para su otro hermano Luis.

En la cima de su poder, Napoleón acariciaba el viejo sueño de un completo imperio europeo, ante el que habían fracasado desde Carlomagno a Carlos V. Nacido en una Córcega todavía no francesa, por los azares de la política, primero había devenido francés, después oficial revolucionario, más tarde «la espada» que Sieyés buscaba para «controlar» la Revolución y poner fin a la radicalización que terminaba por guillotinar a los mismos revolucionarios y, finalmente, emperador. Pero a pesar de tan brillante carrera y como teorizó Maquiavelo, era prisionero de las dificultades para alcanzar la plena legitimidad de su soberanía en tanto que «príncipe nuevo», mal visto por las casas reinantes europeas.

Ciertamente, había impuesto la renuncia del emperador Francisco II y, por tanto, la extinción del casi milenario Sagrado Imperio Romano Germánico (vigente desde la coronación de Otón el Grande el 962), y se había auto-coronado emperador. Pero Napoleón no podía dejar de pensar como un general o como un «príncipe nuevo» y sentía caer sobre sí la denuncia de los legitimistas que le llamaban «el usurpador». Napoleón se sabía desprotegido de la legitimación «sacralizada» por el tiempo y las costumbres, y por lo tanto, se sentía dependiente de la superioridad militar, del constante ejercicio de la fuerza, de un inevitable y violento expansionismo «imperialista». Esa debilidad congénita era el significativo reverso de su práctica «autocoronación» de 1804 (como refleja el famoso cuadro de David), puesto que se entroniza «emperador hereditario de los franceses» propiamente delante y no por el Papa Pío XII.

A pesar de haber aplicado hábilmente muchos de los «principios» que Maquiavelo aconsejaba en *El príncipe* y de haber conseguido éxitos legislativos y modernizadores como el nuevo *Código Civil francés* (el llamado «Código Napoleón», que en adelante será un influyente modelo para muchos Estados europeos), Napoleón se sentía fracasado en el objetivo último de ser reconocido por las cabezas coronadas de Europa. No había podido transformar la legitimación de la fuerza en fuerza de legitimidad o, como le podían decir Hegel y Unamuno —cada uno a su manera—, no había podido metamorfosear la razón de la fuerza en la fuerza de la razón.

Además, la armada napoleónica había sido derrotada en Trafalgar (1805) por el almirante británico Nelson, otro «espíritu del mundo» genial cuando cabalgaba los «lomos» de sus barcos. Hoy hace justamente doscientos años, cuando Goethe acababa la primera parte del *Fausto*, Napoleón era prisionero de la insaciabilidad fáustica y de lo que Hegel llamaba «la mala infinitud» que cae prisionera de sí misma y es incapaz de cesar en su fuga hacía adelante. Por eso, era inevitable —como teoriza la *Fenomenología* de Hegel— que el espíritu universal o la razón en la historia abandonaran a su «portador» Napoleón, el cual será inmediatamente devorado por los acontecimientos —como acontece cuando se deja de cabalgar los lomos de un tigre—.

Dicho muy rápidamente, temiendo carecer de auténtica legitimidad y cegado por unos éxitos militares que cree ilimitados, Napoleón rechaza una favorable paz con los británicos en 1806. Pronto la armada británica contraataca el bloqueo decretado por Napoleón con un mucho más efectivo bloqueo del comercio colonial marítimo francés. El astuto y mundano Talleyrand —consciente de la imposibilidad de mantener el ritmo napoleónico de conquista y guerra constantes— dimite como ministro de exteriores en 1807. Como hemos dicho, pronto la realidad de la guerra, las consecuencias de la ocupación y, evidentemente, muchas brutales decisiones de Napoleón, hacen retroceder a los que habían visto en la expansión francesa una especie de guerra de liberación que extendía los beneficios de la revolución. Los antiguos aliados napoleónicos poco a poco buscaran separarse del destino de éste.

Aunque la situación internacional había empeorado mucho, por ejemplo con la desastrosa campaña rusa y la rebelión española, pero aún más convencido que antes que su más mínima concesión o señal de debilidad le reportara la destrucción, Napoleón rechaza una última oferta de paz en 1813. Dice a Metternich (que configurará Europa aplicando con mano de hierro el legitimismo antiliberal hasta 1848): «A un hombre como yo le importa poco la vida de un millón de hombres» y es «posible que pierda mi trono. Pero sepultaré el mundo entero en sus ruinas». Los acontecimientos posteriores son bastantes conocidos y, como Hegel había anticipado, el eje de la historia se aparta de Napoléon, que deja de ser el «portador del espíritu universal» y se apaga trágicamente.

### Nuremberg (1808-16). El digno director

Deseoso de tener la tranquilidad de pensar a lo grande, a largo plazo y con profundidad lógico-dialéctica, Hegel busca incesantemente otra ocupación en la línea de su sueño universitario. De momento éste no puede cumplirse, pero su viejo amigo de Tübinguen Immanuel Niethammer —ahora desempeñando un alto cargo de educación en Baviera— le consigue el rectorado de un instituto de enseñanza media en Nuremberg. Aunque claramente es un paso inferior y retardaba su sueño universitario, Hegel está tan deseoso de alcanzar una mínima tranquilidad económica y respetabilidad social (que piensa en términos un tanto funcionariales) que acepta inmediatamente y con entusiasmo en 1808.

Hegel se encuentra especialmente a gusto con este cargo, pues exige algunas de sus virtudes más arraigadas: capacidad de trabajo, sociabilidad, eficacia administrativa, respeto por las normas y las jerarquías sociales... Y sin ninguna duda al desempeñar ese rectorado Hegel tiene la sensación de realizar finalmente tanto el sueño de educador del pueblo de su juventud, como el de armonizador del espíritu objetivo (de las instituciones reales) con el absoluto (de la verdad universal o la razón filosófica).

Además durante este período de su vida, Hegel consigue finalmente grandes compensaciones personales y sociales. Se ha vuelto plenamente respetable, ejerce un cargo público reconocido y de gran importancia, es un miembro activo y valorado de la elite de Nuremberg e, incluso, emparenta con una de las mejores familias patricias de esta ciudad. Olvidando asuntos anteriores como su hijo ilegítimo, finalmente en 1811 Hegel se casa con Marie von Tucher, veintiun años más joven que Hegel. Pronto nacen sus dos hijos legítimos Karl (en 1813) e Immanuel (en 1814). Además en 1813 es nombrado Consejero escolar de la ciudad.

Ahora bien estas mejoras personales que por fin recompensan los denodados esfuerzos de un Hegel que ya supera los 40 años, tienen como contrapartida que también le alejan o retardan de su deseada carrera universitaria. Además Hegel tenía por entonces que superar dos inconvenientes:

por una parte su identificación con Schelling, del que aparecía todavía como un discípulo; por otra parte, su fama (relativamente cierta) de profesor pesado, oscuro y no muy brillante en sus clases (a ello se añade que ha estado alejado toda una década de la docencia universitaria).

Ahora bien, un tanto silenciosamente pero como es habitual en él de forma concienzuda, Hegel ha ido preparando su carta de presentación académica. Puesto que es consciente que la *Fenomenología* lamentablemente y del todo injustamente no podía jugar este papel, Hegel escribe la *Ciencia de la lógica* en tres volúmenes que publica en 1812, 1813 y 1815. Ciertamente con la *Ciencia de la lógica* Hegel ha encontrado esa carta filosófica de presentación que nadie puede menospreciar. Quizás algunos desconfíen de la ambición del proyecto, de que sea factible e, incluso, de la bondad filosófica de un tal proyecto. Pero difícilmente se puede dudar de la capacidad filosófica de su autor.

Incluso en su tiempo, había mucha gente reacia y contraria al tipo idealista de filosofía, pero ya nadie podía dudar de que Hegel era, dentro de este tipo de filosofía, una de las voces más potentes e indiscutibles. El idealismo alemán ya no podía ser concebido sin Hegel, sin atender a la personalidad filosófica y al sistema de Hegel. A partir de este momento veremos a nuestro filósofo buscar el sitio que cree que le corresponde y que se ha ganado dentro del mundo filosófico universitario alemán. Aún más, veremos que desde él se proyectará universalmente como el principal filósofo idealista e, incluso, conseguirá ser el único que finalmente puede presentar un (o El) sistema completo y definitivo del idealismo.

Ahora bien, de momento y en los aspectos más prosaicos, Hegel debe vencer todavía algunas dificultades y ver como su «enemigo» Fries siempre conseguía las mejores ofertas. Pero a pesar de ello, Hegel fue considerado ya como candidato para las universidades de Heidelberg y Berlín. Primero, en 1816, se sustantivizó la oferta de la Universidad de Heidelberg, que era una de las más antiguas de Alemania, si bien en aquel momento no era comparable a la «nueva» universidad fundada en 1810 por Wilhelm von Humboldt en Berlín. Ésta con ni más ni menos que la cátedra que Fichte ha dejado vacante con su muerte, tendrá que esperar pues Hegel tiene que renunciar

—de momento— a aspirar a ella, en lo que podemos considerar su última desilusión académica.

## La Ciencia de la lógica

La *Ciencia de la lógica* es la primera parte de su sistema y, en ella, Hegel da muestras de una gran erudición (muchas veces no apreciada porque cita muy poco) y, sobre todo, una gran brillantez al formular los más profundos argumentos metafísicos y filosóficos tradicionales, integrándolos hábilmente en una personal estructura dialéctica que constituye el alma dinámica de «su sistema». Hegel es capaz de integrar y vincular agudamente en un único discurso y en un mismo hilo dialéctico toda la historia de la filosofía, que así parece como puesta definitivamente en el orden propio del concepto, en la lógica misma de las ideas y de la realidad, como la explicitación especulativa de lo que es antes y con independencia de su darse concreto, óntico y material.

Con gran precisión y brillantez, Hegel consigue presentar la primera parte de «su sistema» como la «lógica» misma de los conceptos filosóficos que, movidos exclusivamente por su dinamicidad interna, se desarrollan y transforman los unos en los otros hasta definir el gran arco del «todo», de la «Idea». Por tanto su *Ciencia de la lógica* se convierte —a los ojos del lector que fascinado sigue su compleja dialéctica— en la exposición de la práctica totalidad de la filosofía, pero de la forma más verídica, esencial y descarnada; es decir: sin consideraciones circunstanciales ni desviarse por lo accidental a la cuestión (aunque lo hubieran formulado así los más prestigiosos filósofos del pasado); por tanto siguiendo puramente la profunda «lógica» de lo conceptual o argumentativo.

Pero además (y no es algo menor ni externo al gran reconocimiento que pronto cosecharán la *Ciencia de la lógica* y su autor) define el sistema filosófico hegeliano como la culminación (al menos momentánea) de toda la filosofía. Hegel sitúa su filosofía en una perspectiva que culmina y supera la novísima filosofía alemana de Schelling, Fichte y que a través de tantos otros llega hasta Kant (sobre todo los analiza en la parte tercera: *Doctrina del concepto*). Muestra el pensamiento crítico kantiano, en sus limitaciones que finalmente serían superadas, pero también como culminación y superación del representacionismo metafísico de la ilustración y de la gran filosofía moderna que a través de Leibniz llega a Descartes (en la segunda parte o *Doctrina de la esencia*). En esta parte tampoco olvida Spinoza: el gran sistema racionalista que el idealismo alemán y sobre todo Hegel dinamizan. Estudia lo esencial de los grandes místicos, que son los primeros en intuir el absoluto que Hegel explicitaría, pero también de las grandes cimas escolásticas. Aún más importancia dará Hegel en su exposición «lógica» de la filosofía a las cumbres de la suprema filosofía griega de Aristóteles a Platón, y de Parménides a Heráclito (analizados sobre todo en la primera parte o *Doctrina del ser*).

Pero no se queda ahí y definiendo el conjunto de «su sistema», Hegel apunta incluso y establece como su primordial objetivo filosófico del futuro: continuar ese desarrollo dialéctico ya no solo en el campo «puro» y «meramente lógico» de los conceptos en sí mismos, si no en su encarnación empírica, su realización particularizada y su concreción plenamente real. Por eso el «sistema» hegeliano completo deberá en el futuro añadir, a la recién publicada *Ciencia de la lógica*, una «filosofía real» que tendría dos partes: una «filosofía de la naturaleza» (exponiendo el desarrollo dialéctico implícito en el mundo natural) y una «filosofía del espíritu». Esta última habría de exponer el desarrollo dialéctico interno que mueve el mundo humano: de lo antropológico, de lo psicológico, de lo moral, de las instituciones sociales, del Estado, de la historia universal de la humanidad en conjunto, de la evolución del arte, de la religión y, finalmente culminándolo todo, de la filosofía.

### Heidelberg (1816-18). Ocupando «su» sitio y formulando «el» sistema

A los 46 años, Hegel consigue finalmente el tan ansiado puesto universitario, suficientemente dotado para poder mantener su familia y en la muy reconocida Universidad de Heidelberg. Aunque no todo es color de rosa en esta universidad, Hegel ha conseguido la tan deseada tranquilidad y proyección universitaria y se concentra en la planificación general de «su sistema». Además, en el sistema universitario alemán postnapoleónico, se les pide a los profesores que expliciten el sistema que defienden o proponen y el manual filosófico en que basaran sus clases. Como vemos ahora la necesidad académica coincide plenamente con la necesidad interior que siente Hegel de plantear de forma global y ya con una cierta concreción la totalidad de su sistema. Por ello Hegel publica en 1817 la primera versión del resumen de su sistema *Enciclopedia de las ciencias filosóficas*.

Sin renunciar a su aproximación realista y descarnada a las realidades de la existencia humana y de la historia que tan vívida era en la *Fenomenología*, Hegel plantea ahora su sistema (cuyo resumen es la *Enciclopedia de las ciencias filosóficas*) en un estilo más fríamente y exclusivamente panlógico. Esta tendencia es ya clara en la *Ciencia de la lógica* de Heidelberg (1812-16), pero culminará en sus clases y obras de Berlín. Ahora bien, aunque sin la riqueza y los análisis pantrágicos de la *Fenomenología*, Hegel mantiene un mismo veredicto sobre las astucias del espíritu universal y de la historia que ahora aplica incluso a su antiguo ídolo el orgulloso Napoleón (en ese momento finalmente derrotado y enclaustrado en la isla Santa Elena): el espíritu universal no es casa con nada ni nadie en particular, solo por un momento s'encarna en algo singular —que es durante un tiempo su «portador»— pero después migra y busca de otros «portadores», para poder realizar de forma inmanente o intrahistórica unos finos imprevisibles y no dominables por éstos.

El espíritu del mundo nunca se vincula permanentemente a una persona o incluso a un pueblo, puesto que su verdadero escenario es (como expresa la dualidad de sentidos del alemán «Weltgeist») el mundo entero, «universal» (hoy en día usamos más el termino «general»), abierto y dirigido a «la totalidad» del «mundo», pero sin comprometerse con nada en particular (ni tan siguiera al «genio» militar Napoleón). Atendiendo tan solo a sus propias conveniencias, el espíritu universal o del mundo transmigrará de unos portadores a otros, todos los cuales siempre serán solo esto: «portadores» de algo que va mucho más allá de ellos como seres particulares.

Precisamente en este momento en que Hegel ha experimentado y ha justificado el necesario fracaso final de un «genio» portador del «espíritu universal» (Napoleón), es cuando conecta de verdad y se hace amigo de otro: Goethe. Hegel que ha defendido la teoría de los colores de Goethe (incluso en contra de la de Newton) ahora simpatiza con el auténtico dictador cultural alemán durante décadas. Ambos mantendrán la amistad y reconocimiento mutuo en adelante y serán claves para la evolución cultural alemana posterior. En esta época Hegel hace otros importantes amigos filosóficos como el francés Victor Cousin, que más tarde, siendo muy influyente en la política educativa francesa, será clave para la introducción del hegelianismo en Francia. Además Hegel es nombrado coeditor de los importantes *Heidelberger Jahrbücher*.

Hegel está manifiestamente feliz y en clara progresión en Heidelberg, pero una vez más los azares históricos interfieren en el placido desarrollo de su vida y filosofía. La nueva dirección reformista de la cultura y la universidad en Berlín bajo el ministro Altenstein vuelve a poner sobre la mesa la candidatura de Hegel para la universidad más renovadora del momento en, ni más ni menos, que la capital de Prusia. Aunque Hegel había visto con desconfianza la deriva militarista y conservadora prusiana, y simpatizaba con las nuevas constituciones (progresistas y bicamerales de tipo francés) que Prusia aplastará, a finales de 1817 cree ver en los moderados proyectos prusianos de renovación como el camino sólido al nuevo y racionalmente organizado Estado que siempre ha buscado. Vinculando el espíritu absoluto (especialmente la filosofía que explicita el sistema de todas las ciencias) como clave para la formación de los ciudadanos al servicio del espíritu objetivo y del Estado, en su conferencia inaugural en Berlín afirma que «la formación y el florecimiento de las ciencias es uno de los momentos esenciales en la vida del Estado».

Seguramente Hegel (como muchos otros) confundió como un giro histórico permanente lo que no era sino una política circunstancial debida a la derrota militar del Estado prusiano, que ante Napoleón había perdido todo su territorio occidental y debió retirarse a sus feudos orientales. Ciertamente el Fichte de los *Discursos a la nación alemana* (1808) afirmó que ante la derrota militar napoleónica, a Alemania solo le quedaba el que siempre había sido su principal activo; el espíritu, la formación (Bildung), la cultura, su educación. Pero con estas palabras Fichte reivindicaba la cultura y el espíritu (que incluyen como buen kantiano: la libertad de pensamiento, de expresión y la tolerancia cultural como lo más importante), y no solo como una astuta estrategia estatal (como las promesas de constituciones y de libertades) mientras Prusia se veía derrotada y la monarquía amenazada.

Ahora bien, era eso precisamente lo que pensaba Federico Guillermo III cuando en el inicio del proceso hacia la creación de la nueva Universidad de

Berlín proclamo con suficiente claridad: «El Estado ha de reemplazar con el poder espiritual lo que ha perdido físicamente». Se sobreentendía claramente que una vez recuperado «físicamente» el territorio y garantizado su absoluto poder autárquico, las concesiones a lo espiritual, a la democracia o a la libertad de expresión no tenían porque mantenerse o ser las mismas.

## Reducción de la Fenomenología en la construcción del sistema panlógico

Como hemos dicho, en la *Fenomenología del espíritu* Hegel mostraba la génesis a la vez lógica y empírica, fríamente racional y atormentadamente trágica, de aquellas ideas irrebasables y substantes que constituían el «saber absoluto» posible en su época. Muy ambiciosamente, Hegel lo llevaba a cabo en tres niveles superpuestos pero bastantes distintos entre sí: por una parte, la *Fenomenología del espíritu* quería ser la exposición global y estructurada del sistema filosófico científico que los idealistas habían aceptado como el objetivo supremo del momento.

Por otra parte debía ser también la síntesis de la evolución de la humanidad hasta poder acceder a un sistema omnicomprensivo riguroso; es decir era también una cierta filosofía de la historia universal que era inseparable de una historia de la filosofía. En tercer lugar, debía ser un Bildungsroman, una rigurosa «novela de formación» impulsadora de los individuos hacia la razón universal; es decir era también la narración de la experiencia vital y educativa que había de experimentar toda conciencia particular que quisiera lograr el nivel de conocimiento logrado por la humanidad en conjunto, es decir que quisiera lograr el «saber absoluto» ahora y aquí posible.

En muchos sentidos, la superposición de estos tres propósitos, además tan ricos y distintos entre sí, significó un reto excesivo que complicaba mucho la lectura y comprensión de la *Fenomenología del espíritu*. Por ello Hegel se distancia de ella, elimina gran parte de la carga dramática para resaltar los aspectos lógico-conceptuales del desarrollo sistémico y decide distinguir en éste con más precisión los distintos ámbitos. Decide escindir en discursos separados todo lo que había volcado en su primer gran libro, depurando todo aquello que resalte lo sentimental, emotivo, carnal, dramático y trágico (lo que llamamos el «pantragicismo» hegeliano) para que —al contrario— destaque la más abstracta argumentación lógica y la fría estructuración conceptual sistemática (lo que llamamos el «panlogicismo» hegeliano).

En una evolución comprensible, pero también al menos en parte digna de ser lamentada, en el momento de desarrollar su sistema Hegel se distanció de este laberinto de espejos que es la *Fenomenología del espíritu*, a la que acaba considerando un proyecto exterior (en parte preparatorio y en parte fracasado) de su sistema, de su auténtica filosofía. Por eso y en general la *Fenomenología del espíritu* fue obviada por todos sus discípulos directas (de Bauer a Marx, pasando por Feuerbach) y, con permiso de Dilthey, fue necesario esperar al existencialismo de entre las Guerras mundiales para ser redescubierta y que volviéramos a gozar perdiéndonos por sus laberintos.

Así pues, Hegel separa las tres tareas que se mezclan en la *Fenomenología* y le dan su riquísimo carácter. En primer lugar, la exposición panlógica e intemporal del sistema será desarrollada en obras como la *Ciencia de la lógica* (su gran obra de Nuremberg) y la *Enciclopedia de las ciencias filosóficas* (la gran aportación de su estancia en Heidelberg). En ellas, también hay a menudo algún apunte histórico y alguna dialéctica concreta tratada con gran dramatismo, pero el desarrollo lógico abstracto predomina totalmente por encima de lo histórico, concreto, empírico y, aún más, sobre la tragedia y el drama humanos. En ellas, la perspectiva panlogicista de Hegel desplaza y obvia aquella perspectiva «pantrágica» que arraigaba, enriquecía, concretizaba y complementaba la *Fenomenología del espíritu*.

En segundo lugar, la exposición más diacrónica e histórica del desarrollo humano que se contenía también en la *Fenomenología del espíritu* se concretará en adelante sobre todo en sus clases y discursos sobre la filosofía de la historia, sobre el arte, sobre la religión y sobre la historia de la filosofía (que son significativamente, con su reflexión sobre el Estado, la gran preocupación de Hegel a Berlín). En estas clases y temáticas predominará el discurso histórico evolutivo e incluso análisis de gran dramatismo. Ahora bien incluso en la *Historia de la filosofía* y en las *Lecciones de filosofía de la historia universal* donde el panlogicismo no era tan dominador, Hegel minimizará en gran medida el drama de las particularidades escindidas, alienadas, en lucha mortal... de la *Fenomenología*, en favor de la teorización de la «astucia de la razón» o de «la reconciliación especulativa».

Finalmente, solo la tercera tarea quedará como propia y específica de la *Fenomenología del espíritu*. Pero en el sistema de la *Enciclopedia de las ciencias filosóficas,* Hegel la interpreta de manera muy reductiva y denomina «Fenomenología del espíritu» a una parte muy secundaria y limitada. Concretamente la sitúa como el momento segundo del «espíritu subjetivo» (que es la primera sección de la filosofía del espíritu), el cual además contiene tan solo una versión muy resumida y, por supuesto, completamente «desdramatizada» de los contenidos de los apartados que en la *Fenomenología del espíritu* de 1807 eran denominados: «A. Conciencia» y «B. Autoconciencia» (se pasa de aproximadamente 80 páginas a solo 13). Simplemente con este dato indicativo, ya se aprecia la radical supresión de muchos aspectos que eran capitales en el desarrollo de 1807, pero la sorpresa deviene mayúscula cuando el apartado denominado «C. AA. Razón» (que ocupaba cerca de 150 páginas) queda absolutamente mutilado a menos de una página; mientras que desaparecen totalmente las tres grandes partes finales de la *Fenomenología* de 1807 («BB. El Espíritu», «CC. La Religión» y «DD. El saber absoluto») que ocupaban bastante más de 200 páginas.

## Respuesta hegeliana al «Trilema de Münchhausen»

El filósofo alemán del siglo veinte Hans Albert ha denominado «Trilema de Münchhausen» a la triple aporía en que considera que necesariamente se ve abocado todo intento de fundamentación. O bien se cae en la paradoja del regreso infinito (siempre cabe plantear un fundamento ulterior y previo, de forma infinita y sin solución de discontinuidad); o bien en la falacia del círculo lógico (de alguna manera lo que funciona como fundamento en un lugar funciona como fundamentado en otro); o bien en una interrupción dogmática e injustificada del procedimiento de fundamentación que lleva a afirmar arbitrariamente un principio que se da por evidente por sí mismo, que se considera que no necesita ser fundamentado e, incluso, que sería imposible fundamentar.

Hegel intenta superar la primera y la tercera aporías, aportando una nueva versión —que considera plenamente rigurosa— de la segunda. Hegel considera que si se piensa en términos de totalidad, efectivamente se atiende a ésta sin dejar ningún residuo o parte inconsiderada, y no se pierde el enlace lógico-argumentativo, se puede cerrar el círculo del sistema de manera que todo pueda funcionar como fundamento y como fundamentado. En este caso lo importante es la dinamicidad y la trabazón lógica que vincula el todo, por encima de cualquier parte concreta por privilegiada que sea. No hay pues principio incondicionado, fundamento infundamentado ni regreso ad infinitum, sino una totalidad omnicomprensiva que se legitima por el enlace lógico que la vincula en todos y cada uno de sus elementos.

## Berlín (1818-1831). A la conquista del mundo ¿o del Estado?

A largo plazo y en cierto sentido tuvo buen ojo Hegel en escoger Berlín. Pues ciertamente por entonces Prusia estaba consolidando su reorganización postnapoleónica y, en adelante, conquistará la hegemonía política alemana y convertirá Berlín en la gran capital del Reich; si bien la hegemonía cultural se le resistirá más, pues Viena y el Imperio austriaco no serán aquí tan fácilmente desplazados. Pero, a corto plazo la historia le tenía todavía guardada alguna sorpresa a Hegel pues, justo al poco de instalarse en Berlín, Prusia olvida toda veleidad reformadora. En 1819 Federico Guillermo III de Prusia pacta en Karlsbad con el factotum de la restauración postnapoleónica y antirevolucionaria —el ministro austriaco Metternich— una política (interna y externa) que favorece la censura y el control estatal antiliberal de la vida pública, especialmente en las universidades. Wilhelm von Humboldt el liberal creador de la Universidad de Berlín debe dimitir y, con él, los ministros reformadores como von Boyen.

El reflujo conservador y restauracionista aumenta al año siguiente, 1820, cuando las llamadas «leyes finales de Viena» bloquean la tendencia abierta y prometida de facilitar nuevas constituciones a los distintos territorios «liberados» del yugo napoleónico. Aún más, en el Congreso de Troppau las tres autocracias conservadoras Rusia, Austria y Prusia proclaman su política internacional de intervenir allí donde hiciera falta para mantener la «legitimidad» dinástica establecida. El único resultado efectivo de esta política será la triste invasión española en 1823 por los célebres «Cien Mil Hijos de San Luis» que pondrán fin al llamado Trienio liberal con gran represión (fusilamiento de Riego y muchos otros), restauran el absolutismo monárquico y Francia ocupa la península durante 5 años.

Paralela y significativamente, Hegel estaba escribiendo una de sus obras más influyentes (y realmente leídas): la *Filosofía del derecho*. Se trata en realidad de una ambiciosa filosofía política que, a pesar del completo estilo especulativo hegeliano, reflexiona y encara los grandes conflictos políticos del momento. A pesar que la obra permite interpretaciones muy diversas, Hegel fue valiente al redactarla en un nada claro momento, en el que los profundos conflictos de naturaleza política resultantes de la rápida reconfiguración prusiana postnapoleónica tenían muy desagradables consecuencias en todos los ámbitos de la vida.

El olvido de las promesas reformadoras (nuevas constituciones y libertades) que Prusia y otras autocracias del momento prodigaron para minar las alianzas prorevolucionarias y/o pronapoleónicas provocó un gran y generalizado desánimo (vinculado al famoso ennui romántico) sobretodo en la juventud. Hubo una rotunda y progresiva depuración de las elites políticas y culturales pues, lo que con Napoleón interesaba promocionar, ahora se había vuelto absolutamente peligroso y los conservadores que durante la lucha contra Napoleón callaban, condescendían (y esperaban), ahora tomaban la iniciativa violentamente. Nadie estaba del todo a salvo y Hegel tampoco. A pesar del respeto hegeliano por las instituciones, las jerarquías y el orden, a nadie escapaba que claramente aspiraba a unas instituciones, unas jerarquías y un orden mucho más racionales, y eso comportaba reformas (algunas muy profundas).

Aunque ha alcanzado la culminación de su carrera académica como influyente catedrático en la universidad emblemática en Berlín, Hegel tuvo desde el primer momento problemas para que le fueran aceptadas sus propuestas de «ayudantes de cátedra» porque eran jóvenes vinculados con las reformas. También los tuvo Schleiermacher, si bien la diferente manera de reaccionar y valorar los privilegios del Estado provocó un enfrentamiento entre ambos que, unido al poco respeto mutuo que tenían de sus orientaciones filosóficas, selló en adelante su permanente enfrentamiento.

Pero Hegel pareció alinearse declaradamente con la línea represiva del régimen cuando, a finales de 1820, critica en el prefacio de la *Filosofía del derecho* a su viejo enemigo el «sentimentalista» Fries y a su «nuevo enemigo» Schleiermacher (por «despreciar» desde la religiosidad «el orden ético y la objetividad de las leyes»). Por razones políticas, Fries había sido expulsado de su cátedra en la Universidad de Jena y Schleiermacher era estrechamente vigilado en la de Berlín por similares razones, además de por su conocida amistad con Fries. Hegel que claramente era un reformista y había tenido devoción por Napoleón (en ese momento algo muy perseguido), parece ponerse por propia opción y públicamente de parte de la represión del Estado prusiano. Con ello sella una leyenda, que ya le perseguía, pero que ahora se convierte aparentemente en autoconfesión. Naturalmente poco importó al respecto lo que dijera Hegel concretamente en el texto de la *Filosofía del derecho*, su fama ya estaba labrada.

En 1821 Hegel es nombrado decano de la Facultad de Filosofía. Su tan traída influencia con el gobierno prusiano es claramente exagerada pues Hegel, a pesar de ser reconocido, tiene también continuas desavenencias con el gobierno. A pesar de ello continua su ascenso, en 1827 reedita su *Enciclopedia* y en 1829 es elegido Rector de la Universidad de Berlín. No obstante Hegel se había granjeado importantes y persistentes enemigos. El más persistente y enconado era Schleiermacher que insistió y consiguió negar la entrada de Hegel en la Academia de Ciencias de Berlín en sucesivas y cada vez más escandalosas ocasiones (¡la última cuando Hegel a su fama entonces poderosísima había conseguido añadir el rectorado electo de la Universidad de Berlín!). Ello fue para Hegel una constante y muy dolorosa espina clavada en el centro de su muy intensa necesidad de reconocimiento; además de la pérdida de unos ingresos que por entonces Hegel necesitaba, debido a sus problemas de salud.

Ahora bien el más antiguo enemigo hegeliano no era otro que su viejo amigo de la infancia y durante un tiempo mentor: Schelling. Mientras Hegel conseguía lentamente pero con paso firme progresivas cuotas de reconocimiento académico y público, Schellling se había retraído dejando de publicar y desarrollando un discurso especialmente oscuro y poco inteligible para su época. Como hemos dicho ya, a Schelling, que había conquistado el reconocimiento muy joven, le costaba mucho aceptar esa posterior inversión de suertes. Como además los comentaristas no expertos confundían habitualmente el pensamiento de ambos y a Hegel le costó mucho sacarse de encima el san benito de ser básicamente un schelliniano. Además le fue fácil a Schelling insistir en que Hegel no había hecho más que traducir sus descubrimientos filosóficos a su propio lenguaje. Hegel expresaría en términos más cercanos a la lógica y a la filosofía del espíritu, lo que anteriormente Schelling había expresado en términos de filosofía de la naturaleza o de una ontología que parece anticipar el heideggeriano «olvido del ser». Naturalmente ello irritaba a Hegel aún más que la inquina continuada de su compañero de Berlín: Schleiermacher.

Ciertamente el destino quiso que, a la muerte de Hegel y para sucederlo en su cátedra de filosofía en la Universidad de Berlín, se llamara a su antiguo amigo y gran competidor en las últimas décadas: Schelling. Pero no es un destino ciego sino políticamente inducido y fruto de la percepción por parte de las altas jerarquías prusianas que había un gran peligro en el hegelianismo y en sus discípulos por entonces muy bien «agazapados» para dominar la vida académica berlinesa, que a la muerte de Hegel se habían dividido ya en corrientes «de derecha» y «de izquierda». Por eso se le pide explícitamente a Schelling que reconduzca la influencia hegeliana (incluyendo la depuración de los principales discípulos) y colabore en «extirpar la simiente del dragón del panteísmo hegeliano». En adelante los hegelianos, en especial los de «izquierda» donde hay que situar el joven Marx, tendrán que hacerse oír fuera del ámbito académico que tan dificultosamente conquistó Hegel para su filosofía.

En los dos últimos años de su vida, Hegel está inmerso en importantes proyectos editoriales que modifican más profundamente de lo que se suele decir su sistema y la estructura de sus obras. En 1830 lleva a cabo la tercera edición ampliada de la Enciclopedia y en 1831 reelabora el volumen y de la *Ciencia de la lógica*, pero no puede continuar con los otros volúmenes. También tenía el proyecto de reeditar con modificaciones su primera gran obra La *Fenomenología del espíritu* y sus *Lecciones de filosofía de la historia universal*. Tampoco podrá editar sus influyentes clases de Berlín sobre historia universal, estética, religión e historia de la filosofía, y tendrán que hacerlo los discípulos, recopilando las notas de Hegel y los apuntes de distintos oyentes de sus cursos.

El 14 de noviembre de 1831, Hegel muere oficialmente por cólera, una epidemia que han expandido las tropas rusas que por entonces sofocaron la rebelión liberal polaca. Fue la última y decisiva vez en que la historia interfirió en la vida del —seguramente— más ambicioso y especulativo filósofo que se propuso conocerla a través de la Idea y su dialéctica.

### Las lecciones de Berlín, su publicación y recuperación de las cuestiones de la Fenomenología

A pesar que para evidenciar la lógica especulativa de su sistema maduro Hegel ha desmembrado la *Fenomenología del Espíritu*, gran parte de sus clases en Berlín contenían y desarrollaban los temas que trataba en esa obra. Basta con comprobar como las partes que pierde la *Fenomenología* al pasar a ser una mera y secundaría parte del sistema, son las que desarrollan las *Lecciones de filosofía de la historia universal*, la *Estética o filosofía del arte*, la *Filosofía de la religión* y la *Historia de la filosofía*. Todas estas obras son fruto de los cursos y conferencias hegelianos en la Universidad de Berlín y coinciden en ser de las más influyentes del pensamiento de Hegel a pesar que no se pueden considerar del todo como libros suyos.

Son ediciones llevadas a cabo por distintos discípulos hegelianos que recopilan los manuscritos y notas (a veces muy fragmentarios) del propio Hegel pero añadiéndole síntesis o intercalando fragmentos extraídos de los apuntes tomados en directo (pero a veces rehechos más adelante) por alumnos a partir de las clases de Hegel. Todo ello era convenientemente refundido con el objetivo —según confesión de uno de esos editores— de «hacer un libro» con todo ese amasijo de textos de diferente valor y procedencia. Aunque desde una perspectiva purista se puede ser bastante crítico con este proceder y con los libros resultantes, hay que reconocer la gran influencia de dichas obras que pasaron a todos los efectos en su momento como obras de Hegel mismo. Ahora bien es claro que con los criterios actuales la edición crítica y el estudio fidedigno y riguroso del pensamiento de Hegel en estos aspectos pasa por editar como tales todos los fragmentos y notas redactados por el propio Hegel, y los distintos cuadernos de sus alumnos y demás materiales sin mezclarlos y distinguiendo en todo momento su procedencia y posible fiabilidad.

Ahora bien, el amable lector encontrará en estas obras gran parte de los elementos más vívidos y concretos de la reflexión hegeliana. Aspectos que lamentablemente —a juicio de muchos— Hegel ha ido minimizando en su exposición lógico especulativa del sistema. ¿Por qué lo ha hecho así Hegel? ¿Qué significado filosófico tiene esta opción? En otros términos más explícitos: ¿El olvido o minimización de lo pantrágico (es decir de los análisis más vívidos, dramáticos, concretos y experienciales) es el precio que debe pagar Hegel para triunfar en el gran reto que la joven generación postkantiana había asumido: edificar el sistema omnicomprensivo poniendo el énfasis sobre todo en el vínculo lógico de la totalidad (lo panlógico)? Parece ser que algo de ello hay en la evolución hegeliana.

### El sistema panlógico, el gran éxito de Hegel y su influencia en la interpretación posterior

Ciertamente, después de la *Fenomenología*, Hegel ha dado con su propia solución a la cuestión de la fundamentación radical del sistema filosófico. Renuncia al sueño de definir el principio último e incondicionado, sueño que había fascinado desde al menos Aristóteles hasta Fichte o Schelling. Hegel considera que éstos han fracasado una vez más, si bien también han puesto de manifiesto la incoherencia última de dicho planteamiento. Por ello Hegel opta por renunciar a fundamentarlo todo en un principio radical e incondicionado, que por eso mismo tenía que ser necesariamente infundamentado, es decir falto de todo fundamento. A cambio define un sistema omnicomprensivo y dialécticamente circular, de tal manera que no importa por donde se inicie la especulación filosófica sino, ante todo, no perder el enlace lógico que la une hasta haber cerrado el círculo sobre sí mismo (que es —piensa Hegel— la única manera de fundamentar sin que el fundamento mismo carezca de cualquier fundamentación).

Naturalmente ello obliga Hegel a focalizar absolutamente su atención y su discurso sobre el enlace lógico, sobre el vínculo que une la parte con el todo, sobre la estructura y sistematicidad global. Sabe que si pierde, aunque solo sea por un instante el lazo lógico global, su sistema y su pretensión de fundamentación dialéctica circular caerá por si misma. Ese es el reto que tiene necesariamente que asumir Hegel si quiere triunfar donde fracasaron los grandes idealistas postkantianos Fichte y Schelling. Como éstos al final sospecharon (quizás especialmente su amigo Schelling), la infundamentación del sistema no puede ser vencida persistiendo en la concepción radical aristotélica y cartesiana del fundamento. Hegel, intentando no caer en lo que considera la inconsecuencia final de Kant, se da cuenta que —como éste— debe buscar una salida imaginativa e innovadora que evite caer en el dogmatismo filosófico del racionalismo anterior.

Ahora bien, la genial opción hegeliana tiene la exigencia y el coste inmenso de un discurso absolutamente lógico, que no puede perder en ningún momento su holista concentración sistemática y global. Hegel necesariamente tiene que sacrificar el momento analítico y la atención a lo concreto en favor del momento sintético y la atención al conjunto. Por tanto, no puede atender a lo particular y concreto por sutil y relevante que resulte, pues ello comporta distraerse de la lógica del conjunto. Ello comporta perder el global enlace lógico sistemático, se pierde el todo y se pierde —por tanto— el fundamento de ese todo. El sueño sistemático, holista y especulativamente «científico» de Hegel comporta su sueño panlógico.

Aún más, el sueño panlógico lleva a Hegel a acentuar su estilo discursivo: complejo, cerrado, muchas veces abstruso y machaconamente reiterativo de los enlaces lógico dialécticos del tipo «en sí», «para sí» y «en y para sí»... Quizás también —como se le acusa— hay aquí la deriva ideológica hegeliana que cada vez más minimiza lo humano concreto y particular en favor de lo especulativamente divinizado, universal y eterno; pero también hay el auto-sacrificio de una parte del talento hegeliano (evidenciado en obras como la *Fenomenología*) en función de un ideal tan absoluto que roza lo imposible y lo inhumano. Pues Hegel como escritor y filósofo parece llegar a la conclusión que no puede distraerse en lo más mínimo de lo sistemático y lo panlógico, aún más: que no puede distraer en lo más mínimo la atención del lector de la lógica del sistema para atender al análisis pormenorizado de lo humano, su drama y tragedia que tan vívidamente había puesto de manifiesto en otras obras.

Aunque Hegel se resiste explícitamente, la lógica global del sistema se termina imponiendo poco a poco a los análisis concretos y pantrágicos. Ya con los desarrollos del sistema elaborados en Nuremberg y especialmente con la primera edición de la *Enciclopedia de las ciencias filosóficas*, Hegel consigue una formulación relativamente estable de su sistema (aunque los estudios detallados nos avisan que nunca fue tan estable como afirma el tópico). Ello fue saludado unánimemente como la constatación definitiva de que Hegel ha triunfado donde han fracasado pensadores tan potentes y creativos como Fichte, Schelling, Hölderlin... Así el gran sueño del sistema omnicomprensivo y radicalmente fundamentado de gran parte de la Modernidad parece haber culminado en Hegel y solo en él.

El precio pagado por Hegel no parecía mucho para culminar la gran explosión de entusiasmo especulativo que había puesto en marcha Kant (en gran medida en contra de su voluntad), que es el fondo común de románticos e idealistas, y que es una de las últimas grandes apuestas (si no la última) en favor de la unidad sistemática y lógicamente trabada de todo. Lo absoluto parecía así haber sido conquistado para siempre, solo al precio mínimo de desenfocar un poco la mirada del filósofo o en todo caso —como dirá Marx— de haberla invertido. Pero curiosamente Hegel que parece así haber conquistado el sueño romántico del absoluto, se convierte en el más antirromántico de los idealistas alemanes, pues termina prescindiendo de lo más vívido, dramático, trágico, concreto, apasionante... lo más humano.

Por parecidas razones, más delante, el hasta entonces hegeliano Franz Rosenweig abdica de su excelente libro *Hegel y el Estado* y, en las trincheras de la 1a Guerra Mundial, inicia el existencialismo con su obra *La estrella de la redención*. Muchos más existencialistas buscarán ese otro Hegel y consolidarán la reivindicación de la *Fenomenología del espíritu*. En adelante desde Alexandre Kojève hasta Jacques d'Hondt o Francis Fukuyama (tan diferentes y opuestos) continuará el mismo dilema: ¿como interpretar a Hegel? ¿Cual es su verdadero mensaje y lo que hoy está más vivo de él? ¿El panlogicismo o el pantragicismo? ¿Cual es el modelo filosófico que Hegel nos ofrece para la actualidad y cual nos es más relevante? ¿El formidable sistema omnicomprensivo, aparentemente invulnerable, «científico» en su especulación, eternamente fijado en cada uno de sus momentos y que nos promete consoladoramente participar en lo absoluto? ¿O más bien, la desesperada y muchas veces autista coexistencia de dos modos de vivir y filosofar: por una parte el dramático, cálido y concreto cáliz pantrágico, por otra la fríamente conceptual pero sistemática y global visión panlógica?

Ésta será la gran pregunta que resonará en adelante y la mayor parte de las críticas denunciarán el Hegel panlogicista, muchas veces sin saber que, en cierta medida, hubo «otro» Hegel. Aunque en pureza y en último extremo, no hay dos Hegel sino simplemente uno que, en una compleja evolución, cree haber llevado a ciencia el principio clave compartido por los grandes románticos e idealistas: la aspiración a una plena reconciliación en el absoluto que signifique una libertad superior, que supere la dicotomía «representativista» sujeto — objeto y que ofrezca una versión especulativa de la razón (dialéctica), capaz de reequilibrar el libre juego de las facultades humanas.

Pero durante mucho tiempo se obviará esa evolución y, sobre todo, el considerable coste filosófico que Hegel pagó para la elaboración y para el triunfo de «su» sistema. Es decir se olvidará que el Hegel panlógico, por todos conocido, que prioriza su sistema y que subordina la filosofía entera a la totalidad sistemática no es sino (aplicando la famosa fórmula del coetáneo Clausewitz) la continuación por otros medios de los mismos ideales juveniles y del Hegel pantrágico.

Ahora bien, así como en la *Fenomenología del espíritu* se trataba de llevarlos a cabo dentro de la irreductible interacción del conflicto vital, social, existencial y especulativo (por ejemplo en el marco de la religión o de un saber absoluto que apure el «cáliz» del «via crucis» existencial para que «de este reino de los espíritus brote su infinitud»). Ahora se tratará de centrarse sobre todo en la lógica racional del sistema. Permanece el mismo ideal, pero difiriendo el pantragicismo en favor de comprender especulativamente la «historia concebida» como la fría reconciliación panlógica. El precio pagado será perder humanidad, incluso como se le acusará de caer en la inhumanidad; pero Hegel optará por privilegiar la que considera la tarea propia del filósofo: erigir «a este mismo mundo, captado en su sustancia, en la figura de un reino intelectual. Cuando la filosofía pinta con su gris sobre gris, entonces ya ha envejecido una figura de la vida, y con gris sobre gris no se deja rejuvenecer, sino solo conocer.»

### ¿Cuál es el idealismo de Hegel?

«En la obra más idealista de Hegel hay el mínimo de idealismo y el máximo de materialismo»
Lenin

Hegel es un filósofo idealista. Así suelen comenzar las presentaciones de Hegel en las enciclopedias, los manuales y los diccionarios. Naturalmente se trata de una gran verdad, pero que suele desorientar al público pues no está nada claro que significa exactamente en filosofía «idealismo». Por tanto tenemos que comenzar nuestra aproximación al pensamiento y la obra de Hegel definiendo qué es idealismo y qué tipo de idealista es Hegel.

En primer lugar tenemos que avisar al amable lector que muy difícilmente encaja Hegel en la mayor parte de los sentidos cotidianos de «idealismo». Aún más, su pensamiento, su filosofía y su persona son a menudo menospreciados por carecer totalmente de los componentes «simpáticos» que normalmente acompañan a los que vulgarmente denominamos «idealistas».

Vamos pues a detallar ahora algunos de los sentidos más corrientes que tiene el término «idealismo o idealista» y veremos si se aplican o no a Hegel.

### El «idealista» filosófico no es el visionario ni el quimérico

En primer lugar, «idealista» es sinónimo cotidianamente de «visionario» y «quimérico». De aquel tipo de persona que voluntariamente o por tendencia natural suele vivir en un mundo propio ficticio que poco tiene que ver con el real. Alguien que sueña o se imagina mundos irreales y que está más preocupado por el «más allá» que no por el ahora y aquí.

A pesar de conocidas burlas originadas por gente que ha fracasado en su comprensión de Hegel, este sentido de idealista es, indiscutiblemente, de muy difícil aplicación a nuestro autor. Pues muy al contrario, Hegel se preocupa primordialmente —y así lo manifiesta muchas veces— por la realidad histórica, por el que efectivamente hay ahora y aquí y desprecia con gran sarcasmo las visiones del más allá o los mundos ficticios.

Hegel insiste en que la tarea máxima de un filósofo es comprender y conocer su tiempo y su sociedad. Así se propone conocerlos en el aspecto político amplio en su *Filosofía del derecho*; en sus orígenes y hechos históricos en las Lecciones de filosofía de la historia universal; en la estructuración sistemática, global y rigurosa de su saber en la *Enciclopedia de las ciencias filosóficas*; en la tradición filosófica a partir de la cual comprender la propia filosofía y la de sus coetáneos en su Historia de la filosofía; en la reconstrucción del periplo cognoscitivo que necesariamente cualquier conciencia tiene que llevar a cabo para poder llegar a la comprensión correcta del propio tiempo en su *Fenomenología del espíritu*, etc.

Por tanto no ha de sorprender que las preocupaciones capitales de Hegel sean por ejemplo la Revolución francesa; la Reforma protestante; el tipo de vida y eticidad en la Grecia clásica, especialmente en contraposición con las de su propia época; el papel y sentido de la religión y —concretamente— del cristianismo; la necesidad de elaborar un sistema coherente y completo del saber; la constitución alemana y las reformas inglesas...

Por ello tiene razón Lukács cuando en su libro *El joven Hegel* recuerda que el modo hegeliano «de orientarse respeto de los más grandes acontecimientos históricos de su época, tiene aún otro rasgo característico que le distingue de todos sus contemporáneos en lo ámbito filosófico. Hegel no solo es el filósofo que más profunda y adecuada comprensión tiene en Alemania de lo esencial de la Revolución francesa y del período napoleónico, sino, además, el único pensador alemán del período que se ha ocupado seriamente de los problemas de la Revolución industrial ocurrida en Inglaterra, y el único que por entonces puso en relación los problemas de la economía clásica inglesa cono los problemas de la filosofía de la dialéctica.»

Aún más, Lukács considera que Hegel culmina la filosofía clásica alemana y la dialéctica, siendo por tanto el pensador clave para: «la crisis de crecimiento entonces dominante en las ciencias de la naturaleza, los importantísimos descubrimientos que conmovieron por entonces los fundamentos de la ciencia natural, el origen de la nueva ciencia química, el planteo del problema de la genética en las diversas investigaciones biológicas, etc., son hechos que han desempeñado un papel propiamente decisivo en la constitución de la dialéctica en el seno de la filosofía clásica alemana.»

Hay que reconocer, ciertamente, que estas preocupaciones son muy poco corrientes entre los filósofos «especulativos», pese a ser absolutamente centrales en el primer tercio del siglo XIX y hoy mismo. Por ellos, las respuestas que Hegel dio a estas cuestiones, aun siendo a menudo expresadas en su complejo lenguaje, siempre parten de un análisis riguroso y realista, y en ningún caso recurren ni presuponen intervenciones mágicas, del más allá u otros elementos visionarios.

Por otra parte, uno de sus aspectos más criticados —que el espíritu universal se realiza en el mundo y en la historia y que es posible alcanzar el saber absoluto en la medida que se está a la altura de la realización efectivamente alcanzada por aquel—, es una formulación ciertamente ambiciosa y aún rimbombante, que por otra parte era corriente en una época de grandes esperanzas y grandes conflictos como lo es la que sigue a la Revolución francesa. Así Hegel está afirmando —como harán otros más tarde— su plena confianza en el progreso lineal y racional de la humanidad en la historia, que acabará alcanzando el conocimiento más adecuado, al menos en relación al correspondiente estadio humano de desarrollo.

La declarada confianza en el progreso humano, que se convertirá incluso en un lugar común decimonónico, es argumentada por Hegel de una manera mucho más rigurosa y preocupada por los detalles y acontecimientos concretos que no, por ejemplo, por Condorcet o Auguste Comte. Aún más, frente al optimismo muchas veces ingenuo de éstos, Hegel nunca olvida que los conflictos son inevitables así como sus consecuencias negativas. Hegel se muestra muy realista, consciente del fondo trágico del progreso y el desarrollo histórico (lo que llamamos su «pantragicismo»), e incluso sarcástico: «Las épocas felices son páginas en blanco en el libro de la historia» —dice.

La confianza en último término en la razón y en el progreso es para Hegel la única manera de explicar el mundo y su historia, sin recurrir a imaginaciones, postulaciones de intervenciones divinas, milagros o elementos mágicos, a casualidades inexplicables y toda una serie de explicaciones —todavía muy corrientes en su época— mucho más «visionarias y quiméricas». Así, por ejemplo, se niega a argumentar partiendo de la intervención personal de dios en el mundo, la presuposición del famoso «Estado de naturaleza» tan importante para Hobbes, Locke o Rousseau, las historias sagradas, los mitos, etc.

## El idealista hegeliano no es un «quijote» ni un fanático

El «idealista» convencido suele ser también definido peyorativamente como «un quijote» o, aún peor, como un «fanático». Sería aquel tipo de persona que afirma tercamente un ideal sin modificarlo en absoluto cuando éste choca con la realidad. Ciertamente, Hegel tampoco encaja con este sentido de «idealista», sino que al contrario mil veces se ríe de ese tipo de gente y, muy al contrario, adopta una postura realista, que en todo caso a veces parece más bien caer en el otro extremo calificable de «conformismo o pragmatismo cruel». Pues Hegel transmite siempre el mensaje último que, si la realidad no es como uno quisiera que fuera, la mente verdaderamente filosófica es aquella que se esfuerza por pensarla —y aceptarla— tal y como es.

Siempre exige al filósofo que, a diferencia de la perspectiva vulgar que solo atiende a su interés más inmediato, haga el esfuerzo de comprender la cruda realidad y encontrar su profunda racionalidad. Recordemos su fórmula tan criticada «todo lo real es racional», si bien insiste también que «todo lo racional {verdaderamente racional y no simplemente pensable}, es o deviene —llega a matizar— real». Lo único que hay de idealismo aquí es esta convicción a toda prueba que en un último término tras la historia, por triste, negativa, desgraciada, brutal e ignominiosa que sea, se puede encontrar una razón, una explicación y un sentido racional. Comprender la realidad es una de las más constantes y queridas divisas de Hegel y ello implica —piensa— comprender racionalmente, reconociendo los hechos pero tampoco no quedando prisionero de las más superficiales evidencias, y buscando aquella explicación profunda que los liga con el todo, con un sentido universal y que permanece valido más allá de la circunstancia inmediata.

Aún más, Hegel se opone siempre a aquellos que niegan la realidad, aunque sea por loables pero allí quijotescos principios morales, aquellos que cometen la falacia naturalista denunciada por Hume en el sentido que se niegan a aceptar que es, aquello que piensan que no puede ser, que no debe ser, que no debería ser posible. Hegel ridiculiza aquellos que, encumbrados en sus elevados sentimientos —«almas bellas» los llama— se niegan a aceptar la triste realidad, precisamente porque es triste o, aún peor, por no ser alegre de la manera que ellos conciben la alegría. Éstos son los idealistas quijotescos y, cuando se radicalizan, fanáticos que Hegel menosprecia; mientras que él mismo se esfuerza —a menudo contra sus primeros impulsos y sus valoraciones morales— por encontrar la razón que se esconde detrás de los hechos y la persistente realidad, por mucho que nos pueda parecer a primera vista irracional, gratuita, arbitraria. Como dice Hegel, la tarea culminante del filósofo, detrás de la cual se encuentra el verdadero conocimiento (o saber absoluto) es encontrar la rosa en la cruz del presente, encontrar el sentido racional en la tragedia histórica y vital.

Ahora bien, tal tarea esencial al filósofo no implica caer en la plana y fanatizada fórmula ritual con que el *Cándido* de Voltaire simula aceptar y comprender las infinitas desgracias que se ciernen sobre él. El filósofo no tiene porque conformarse, ni aún menos mostrar contento, ante todos los males que observa o le caen encima, repitiendo como una «letanía» que todo ello sea por algún otro bien compensatorio y global que, no obstante, nunca puede descubrir realmente. Sarcástico y lúcido, Hegel considera que esta respuesta fanatizada y embebida de una metafísica imposible no es filosofía, pero incluso tampoco no le sirve de verdad a nadie, no le puede compensar verdaderamente a nadie de sus desgracias. No es tarea del filósofo —piensa Hegel— mantener la moral o la esperanza contra viento y marea, sino el desvelar la verdad racional que hay tras la realidad, por cruda que ésta sea. Quien se desanime —piensa—, peor para él.

### Idealismo no es abstracción nebulosa e inconcreta

Idealista también es un término que se suele aplicar a aquel que está siempre preocupado por cosas abstractas, nebulosas e inconcretas y que por tanto está totalmente absorto y desconoce lo más próximo, concreto e inmediato. Aunque su estilo puede ser muy abstracto y a veces usa conceptos que a los legos pueden parecer tremendamente nebulosos, Hegel tampoco acaba de encajar bajo esta definición, por la sencilla razón que sobre todo intenta encontrar y comprender aquello más concreto y no perderse en meras abstracciones.

Ciertamente, piensa Hegel que la explicación de lo concreto suele implicar la elaboración técnica de nociones que a menudo nos parecen —como él mismo reconoce— muy abstractas u oscuras. La abstracción es una condición del lenguaje y no solo de la filosofía, pues como sentenciaban los escolásticos medievales: es imposible decir lo completamente individual. Pues los términos lingüísticos (incluyendo en cierto sentido los nombres propios que usamos una enormidad de personas a la vez para denominarnos a nosotros mismos) son todos «universales», se refieren a un conjunto de elementos y, por tanto, responden a una «abstracción» de éstos.

En las primeras «figuras de la conciencia» de la *Fenomenología del espíritu* Hegel profundiza en está cuestión y pone de manifiesto la enorme abstracción y generalidad de los términos con que ingenuamente intentamos designar lo que tenemos ante los ojos: los determinativos esto, eso o aquello. Pues ciertamente por muy satisfechos que nos sintamos al señalar algo y decir que nos referimos a «esto», en realidad no hemos seleccionado de forma precisa nada y basta para poner de manifiesto esta limitación que alguien pregunte señalando un poco más allá: «¿ah, esto?» Fácilmente se puede pensar en una situación en que un número indefinidamente enorme de personas contestasen al unísono, señalando en direcciones contrarias: «¡no, eso otro!

En la *Fenomenología* y en la *Ciencia de la lógica*, Hegel nos recuerda que para poder hablar de cualquier cosa, por muy frente a los ojos que la tengamos, debemos usar términos tremendamente abstractos y generales. En primer lugar debemos decir que «es», es decir que es un «ser» o un «ente»: algo que cualquier cosa es, incluso en cierto sentido la «nada» en la medida que hablamos de ella y «es» algo en nuestro discurso. Pero es que la «nada» que parece algo muy concreto, pavorosamente y peligrosamente concreto, en realidad es algo muy abstracto pues todo lo que no es o ha dejado de ser, coincide en «ser» eso: «nada». Paradójicamente el «ser» y la «nada» son términos muy generales y abstractos, pues de todo sin excepción (como recalcaba Parménides) se puede decir al menos que o bien «es» o bien «no es», es decir o bien es «ser» o bien es «nada».

Es una gran verdad que, no porque nos sorprenda, deja de ser fácil constatar que las designaciones o palabras, que nos parecen más concretas y que los críos usan en primer lugar, suelen ser las más abstractas. No solo es la paradoja que, aunque un crío cree que al decir «papá» o «mamá» está designando sin ningún tipo de duda o error a sus personales e individuales padres; en realidad todos los niños —incluso en diferentes lenguas y se parezcan o no— están usando los mismos generales y abstractos términos. Y lo mismo sucede cuando comienzan a querer describir el mundo y decir que eso «es tal cosa o de tal color» y aquello «es o no es» así.

Al contrario de lo que nos parece siempre comenzamos (de hecho nunca lo abandonamos del todo) con lo abstracto y general. Y es tarea de la mejor filosofía llegar a forjar términos a la vez tan abstractos y concretos como —piensa Hegel— «espíritu universal» o «dialéctica», o —piensa Marx— como «capital» o «modo de producción». Pues no olvidemos que para Marx el capital no es solo como se piensa a veces «dinero en el banco» o, incluso, propiedades, joyas, maquinarias, locales y solares, sino también los conocimientos que pueden ser usados en la producción, el «saber hacer», las patentes y procedimientos técnicos; aún más, también es los contactos sociales necesarios e, ironizando, algunos han tenido como su principal capital «una afortunada boda».

Como vemos no hay ninguna lejanía entre la abstracción del idealista Hegel con la del materialista Marx, y también algo que parece muy tangible y calculable como el «capital» es en realidad un concepto muy abstracto. Ahora bien, también es un concepto precisamente definido para poder hablar de aquello que en la producción puede ser decisivo pero no es «trabajo» (otro concepto muy abstracto y general que remite desde el «descansado» pensar, el imaginar o el concebir, al sudoroso esfuerzo físico o al aburrido «estar pendiente de lo que pase» de tantos pesados «trabajos» actuales.

Pues bien, Hegel, como Marx, nos recuerdan que es muy complicado hablar en concreto de las cosas aparentemente tan sencillas que tenemos ante los ojos y que, para ellos, debemos usar conceptos y palabras que a menudo parecen excesivamente abstractos y poco intuitivos.

## El Idealismo filosófico no es igual a utopismo

Otro sentido corriente de idealista es aquel que se propone y persigue incesantemente una utopía, incluso cuando la sabe irrealizable. Hegel tampoco es un idealista utópico e incluso se mofa de los utopistas. Como ya hemos dicho, quiere comprender qué pasa realmente y no romperse la cabeza infructuosamente por el que debería pasar. Si la historia o la realidad le demuestran que algo deseable fracasa y es imposible, Hegel tomará buena nota de tal fracaso e intentará comprender porque es inevitable.

Así reaccionó cuando vio degradarse y fracasar su ideal juvenil revolucionario pues, con dolor, Hegel vivió la radicalización totalitaria de la Revolución Francesa, la entronización y posterior caída de Napoleón y el retorno de los borbones al trono francés. La evolución postrevolucionaria a Francia y a Europa no le gustó en absoluto a Hegel, pero no la negó sino que intento dar una explicación y un sentido a tal imprevista evolución. Además su interpretación evitó en todo momento la distinción típicamente platónica, kantiana o hölderliniana entre la pureza del ideal y la bastardía de su realización. Hegel siempre se niega a justificaciones del tipo: en sí mismo el ideal revolucionario es justo, valido y maravilloso, pero deja de serlo cuando se lleva a la práctica, ya que inevitablemente se ensucia, se torna injusto y bárbaro. Para Hegel un ideal es inseparable e indistinguible de su realización, pues no se puede desear una cosa sin la otra. Por lo tanto se los tiene que defender o negar como un todo, sin introducir distinciones totalmente ridículas —piensa.

Como puede imaginarse el amable lector, Hegel tampoco es partidario del denominado «amor platónico». No es el tipo de gente que se enamora de algo que ve inalcanzable o que renuncia a alcanzarlo ya sea por sentirse indigno de ello, ya sea por temor a romper su encanto o pristina pureza. Hegel piensa que las cosas están para ser logradas, si no mejor es olvidarlas. La revolución —por ejemplo—, si puede conseguir lo que pretende, pues adelante, sino mejor es decir —como la zorra de la fábula— que son verdes. Tampoco acepta que se quiera hacer la revolución pero se tenga escrúpulos para llevar asumir sus consecuencias —como hace Hölderlin en su *Hiperión*—. Hegel no es idealista en este aspecto y, por ello, no renuncia a elogiar a Robespierre y a justificar el «terror» totalitario que instauró para defender «la revolución».

¿El fin justifica los medios? No exactamente, pero piensa Hegel que aquel que no asume las consecuencias de sus actos y el principio de realidad, sencillamente nunca puede actuar, jamás hará nada y se lamentará eternamente. Hegel argumenta que muchas veces renunciar a la acción es más culpable y hasta más criminal que no actuar, aún asumiendo que llevarlo a cabo tenga algunas consecuencias negativas. Por tanto, tienen mucha menos razón los que acusan a Hegel de idealista utopista que los que le critican porque viene a decir que no es posible hacer una revolución sin que caiga la sangre, al igual que no se puede hacer una tortilla sin romper antes los huevos.

Aunque a éstos también conviene decirles que Hegel se pliega a la crueldad de los hechos, solo cuando se convence (y evidentemente se puede equivocar como todo el mundo) que expresan el necesario paso dialéctico por la negatividad o el conflicto a través del cual avanza la historia o la razón (lo que él llama el «espíritu universal»).

### El idealismo filosófico no comporta poetizar o embellecer la realidad

También se suele creer que el idealista es quien poetiza la realidad e intenta imaginársela mejor o más bella de lo que es. En la línea de lo que vamos argumentado, es evidente que la filosofía hegeliana no pretende en absoluto ni poetizar ni embellecer la realidad, al menos más allá de la cruda belleza y la trágica poesía que resulta de su comprensión racional. Hegel no cree que el mundo o la historia reales necesiten ser embellecidos, poetizados y «decorados» con aditamentos que escondan su gélida racionalidad, pues siempre está más allá y prescinde de todo consuelo sentimental. Lo que llama con cierta vanidad o grandilocuencia «saber absoluto» contiene —piensa Hegel— la profunda belleza de la «idea» (que es, según su definición, tanto el concepto realizado como la realidad conceptualizada), que es la belleza de la razón, de la fría lógica de la razón.

Para Hegel su sistema filosófico de alguna manera expresa o pone de manifiesto esta «belleza» del mundo y de la historia. Naturalmente no lo hace con recursos poéticos ni vanas decoraciones porque Hegel piensa que el mundo es bello, pero no en el sentido «decorativo», no es amable, ni sentimental, ni tiene «detalles» para con el lector sensible; al contrario tiene la pesadez machacona y absorbente de un mecanismo lógico conceptual que a su manera funciona a la perfección. Frente a esa «belleza» descarnada, metafísica y abstracta, Hegel afirma que son ridículos todos los aditamentos o detalles sentimentales, decorativos o circunstanciales. Como aquél que en un campo de exterminio querría poner una cortina que escondiera o suavizara la visión de las cámaras de gas o de los hornos crematorios. Y lo que es peor: pensara que así había embellecido de alguna manera el mundo. Eso, lo sabemos todos, no es más que una manera de huir de la realidad o, incluso, de nuestra mala conciencia, y Hegel condena siempre toda fuga de la realidad.

Por su misma naturaleza, el sistema hegeliano solo es bello en tanto consigue hacer brillar la lógica profunda y racional de la realidad («Weltgeist»: el «espíritu universal» o «del mundo»). El sistema hegeliano es «panlógico» pues todo en él tiene que ser lógico racional hasta el detalle y tiene una extraña, gélida y magnificente belleza porque —seguramente— es el «panlogicismo» más profundo, consecuente y omnicomprensivo de la historia de la humanidad. Ahora bien, en la medida que no pretende esconder ni disimular nada, incluso nada de lo terrible, inhumano y miserable que los hombres nos hacemos los unos a los otros, el sistema hegeliano también tiene la pavorosa y siniestra «belleza» de su visión pantrágica, pues podríamos decir que nada de lo pantrágico humano le es ajeno.

En el sistema hegeliano todas la tragedias, miserias y desgracias humanas están allí diseccionadas para ser conocidas y para poner de manifiesto su necesidad en aquel contexto, circunstancias y Estado de desarrollo del espíritu. Es esto último lo que ha escandalizado (pero a la vez ha provocado una terrible fascinación) a pensadores como Rosenweig quien, después de profundizar fascinado por la explicación panlogiscista hegeliana y escribir el meritorio ensayo *Hegel y el Estado*, denuncia que ese panlogicismo en realidad trivializaba, justificaba y banalizaba la tragedia de la humanidad y los individuos concretos. Es decir, en cierto sentido podemos decir que el panlogicismo hegeliano provocaba una perversa justificación, trivialización y banalización de su propia y valiosa visión pantrágica.

## Ni altruismo ni inconformismo

Hegel tampoco es idealista en el sentido de alguien totalmente movido por el altruismo. Su filosofía no aspira a generar o promocionar el bienestar del prójimo; aún más, el discurso de los utilitaristas y la valoración de utilidad por encima de todo le parecen una manera filistea de degradar la filosofía. Coincide con Kant en que la felicidad no es el principal objetivo humano y aún menos de la filosofía. La dignidad humana no está en el gozo ni la feliz satisfacción, si no más bien en sentir la llamada del deber, del intelecto, del conocimiento y de la racionalidad. En la línea de Mandeville, piensa Hegel que muchas veces la satisfacción altruista, gratuita y sistemática de las necesidades del prójimo es una manera de impedirle ganar su dignidad, de conquistar lo que le corresponde por sí mismo, de ser verdaderamente señor de su vida y de ser un verdadero sujeto humano.

Aún más, dice muchas veces Hegel, en la historia podemos comprobar que la felicidad es contraria a los grandes hechos y que la comodidad no existe en la vida de los héroes que hacen la historia. Si hubieran sido felices o bien alguien altruistamente les hubiera solventado su conflicto, su tarea, su reto; concluye Hegel: sencillamente no habrían llevado a cabo ni vivido nada de aquello por lo que los valoramos. Paralelamente y de acuerdo con la cruda lucidez hegeliana, preocuparse por el prójimo no es en absoluto la principal característica de los grandes hombres; así como la dialéctica de la historia no tiene en absoluto en cuenta el bienestar de los individuos particulares. Hegel piensa que el altruismo, el hacer el bien o, incluso, trabajar por la moralidad no es lo que ha hecho grandes a Napoleón, César, Alejandro Magno, Carlomagno, etc. Las épocas felices son planas en blanco en el libro de la historia, dice en una de sus frases más crueles.

Finalmente, Hegel tampoco es idealista en el sentido de ser un acérrimo inconformista. Piensa crudamente que se ha de acabar aceptando —y por lo tanto cuanto antes se acepte mejor— la realidad de las cosas y que la aceptación del mundo es un valor positivo, pues en el fondo es racional (no olvidemos ésta su verdadera apuesta idealista). El «alma bella» o la «conciencia desgraciada» —como los llama a veces—, que se niegan a aceptar el mundo tal y como es, o que insisten en creerse muy por encima de «este su mundo», representan para Hegel una manera muy superficial y deficiente de enfrentarse a la vida y al mundo.

En último término si bien reconociendo toda su complejidad dialéctica, Hegel exige la «reconciliación» con la realidad y condena el inconformista celoso de su ficticia valoración de sí mismo que cree infinitamente superior al mundo que le ha tocado vivir. Sarcásticamente Hegel afirma que no hay nadie mejor que su mundo, su tiempo, su realidad, que aquel que es mejor simplemente es quien comprende mejor su mundo, su tiempo, su realidad y, por tanto, es capaz de reconciliarse con éstos. Solo el auténtico filósofo puede reconciliarse con la historia, la humanidad y lo que le ha tocado vivir porque toda auténtica reconciliación tiene como condición la correcta comprensión de la racionalidad (incluso de aquello que nos sorprende, nos repugna o nos violenta).

## Hegel ¿es idealista a pesar de todo?

Por lo que llevamos diciendo, parece ser que Hegel no es idealista en absoluto y, ciertamente, no se le comprende cuando se quiere interpretar su pensamiento a partir de los sentidos populares de «idealismo» hasta ahora analizados, por lo que es un gran error acusarlo de caer en ellos. No obstante, hay un sentido más técnico, más filosófico y más profundo de idealismo, que sí permite comprender y describir el pensamiento hegeliano. Este sentido es el usado en la Alemania de finales del XVIII e inicios del XIX y que Hegel define por considerar la idea como el principio del conocer.

Pues idealista tiene que ver con idea, con considerar las ideas como la base de todo posible conocimiento. Entonces, el idealismo buscaría en las ideas la comprensión más auténtica de toda realidad. Ahora bien, hay muchas maneras de considerar la idea como principio del conocer y de buscar a partir de ella la auténtica comprensión de la realidad. Vamos, pues, a estudiar la manera como Hegel es idealista, su peculiar idealismo.

Al contrario del materialista Marx, Hegel es a la vez idealista y espiritualista porque pone un énfasis superior en la importancia de la idea y del espíritu, pues son para él la esencia de la realidad, lo que hace que algo sea verdadero o lo verdaderamente ser en las cosas. Pero ello no quiere decir —como a menudo se cree— que toda la realidad sea solo lo que nosotros entendemos por idea o espíritu; es decir: una cosa puramente mental o dotada solo del tipo de existencia de una ocurrencia, una visión, una imaginación o una fantasía. Como se dice habitualmente, a éstas «se las lleva el viento» pues responden más bien a la apariencia superficial y son precisamente lo que no se tiene que confundir con la auténtica realidad, que es al contrario: lo permanente o lo verdadero en ella.

Cuando Hegel afirma que la idea, la razón o el espíritu universal mueven el mundo, la historia y los hombres, no quiere decir de ninguna manera que cualquiera de sus ocurrencias o fantasías (aunque puedan parecer muy «espirituales» o incluso racionales) tenga tal poder. Aunque sí reconoce que todo auténtico conocimiento y toda plena reconciliación con la conflictiva realidad solo se puede hacer por medio de la idea (por tanto es idealista), la razón (por tanto es racionalista) y el espíritu (por tanto también es espiritualista).

## Sustancia que es sujeto

En el prólogo de la *Fenomenología del espíritu*, Hegel afirma: «Según mi modo de ver, que deberá justificarse solamente mediante la exposición del sistema mismo, todo depende de que lo verdadero no se aprehenda y se exprese solo como sustancia, sino también y en la misma medida como sujeto.» Con tales palabras, Hegel culmina explícitamente el giro idealista hacía una filosofía del sujeto o de la conciencia ya iniciado por Descartes (o antes por el nominalismo de Ockham). No solo el sujeto pensante es lo que merece ser definido como sustancia, sino que toda sustancia (es decir aquello realmente sustante, que se sustenta a sí mismo) pasa a ser definida y determinada como sujeto.

Con tales perspectivas, Hegel intenta superar e integrar la filosofía de la sustancia de los antiguos griegos con la moderna filosofía del sujeto. Hegel consolida así una ontología basada en la identidad de pensar y ser, del sujeto y el objeto; puesto que el conocimiento o pensar del ser pasa a formar parte del ser mismo en su desvelarse, porque el ser es devenir (sustancia dinámica que es sujeto y que se busca y conoce como tal). El mensaje de la *Fenomenología del espíritu* concluye identificando el ser con el devenir y, por tanto, la verdad del ser con el devenir de la verdad.

Como hemos dicho, para Hegel comprender lo verdadero a la vez como sustancia (Spinoza pero también los griegos) y como sujeto (los modernos), comporta determinar de manera coherente el fundamento de su «sistema» como a la vez onto-teo-lógico (que remite a un ser supremo divino) y onto-logo-lógico, pues la fundamental y fundante es ahora el vínculo lógico diacrónico y dinámico que enlaza todo el sistema. Como vemos, Hegel considera superior el heraclitismo al parmenismo, pero ambos en tanto que filosofía de la sustancia, son integrados un una filosofía del sujeto, aquella donde todo el devenir es la dinamicidad histórico-real y lógico-cognoscitiva de la sustancia-sujeto. Así Hegel complementa Spinoza concibiendo que la sustancia acontezca y se desarrolle en el tiempo, que tenga una historia y que, no solo sus modos, sino ella misma se desarrolle internamente (en cuanto que autoconocimiento).

De esta manera, piensa Hegel, la razón dialéctica puede pensar el todo (incluyendo los conflictos y negatividades) como momentos del devenir de la sustancia que es sujeto. La negatividad y las particularidades ya no son menospreciadas o degradadas, aunque todavía falta incorporarlos al movimiento y desarrollo del todo. La sustancia que es sujeto o —en otros términos— el espíritu universal es el todo dinámico-dialéctico (lo movido) y, a la vez, la dialéctica y dinámica del todo (lo que lo mueve). Por eso mismo —insiste Hegel— es a la vez sustancia y sujeto, a la vez lo movido, el motor y la guía de ese movimiento global (si bien no en el mismo sentido).

Paralelamente podemos decir que la sustancia que es sujeto es, a la vez, lo conocido (el objeto), lo que conoce (sujeto) y la guía de este conocimiento o el conocimiento mismo. Por tanto no es trascendente sino totalmente inmanente e identificada con la totalidad en sus parámetros supremos. Parece pues que Hegel cae en el panteísmo, pero intenta evitarlo distinguiendo siempre los momentos de la dialéctica (el en sí y el para sí solo se reconocen en el momento tercero). Así que solo el primer momento de la dialéctica y, sobre todo, el tercero merecen el nombre de absolutos.

### La idea es el concepto y la realidad de la sustancia que es sujeto

Para Hegel solo el espíritu, es realmente activo tanto en la historia como en la naturaleza. Es a la vez la sustancia y el sujeto último de todo, por eso define el espíritu universal, que rige el mundo (las dos traducciones que se complementan del término alemán «Weltgeist»), como la sustancia que es sujeto. Pues desarrollando Spinoza y una larga tradición metafísica, Hegel propone pensar la sustancia como el principio creador que eternamente rige las cosas, pero que en absoluto es algo quieto, fosilizado y sin evolución. El espíritu universal es la sustancia que lo crea y lo mueve todo; es el motor último, pero él mismo también está en movimiento, desarrollo y evolución.

Además no es una sustancia ciega o inconsciente de si misma; eso podría pensarse de la naturaleza (una especie de máquina perfecta, pero tan solo máquina) pero no del espíritu, que es el principio y sustancia últimos. Para Hegel, el espíritu universal y del mundo, además de sustancia creadora y de motor último, también es sujeto de todo y de sí mismo. A través de la historia, que es su creación y su propio desarrollo, el espíritu universal conquista su pleno autoconocimiento a través de la humanidad y del saber filosófico de ésta (que conjuntamente, pero superando a la religión y el arte, Hegel llama «espíritu absoluto»). Por tanto, a través de la humanidad que reflexivamente aspira a formular racionalmente una filosofía que de cuenta de todo a través «de la idea» (y su desarrollo en un sistema integrado), se puede decir que el espíritu universal se hace consciente de sí y se autoconoce. Hay momentos de gran convicción y orgullo por su pensamiento en que Hegel viene a decir: y la filosofía que ahora mismo es la absoluta, la tienen ustedes ante los ojos y lo sabrán si leen con detenimiento mis libros.

Pero insistimos, el espíritu universal solo se puede conocer a sí mismo a través de la razón intelectiva de la humanidad. Precisamente por ello la razón, que es lo que caracteriza y define a la humanidad, es en ella el signo de su superioridad ontológica frente a lo meramente mineral, vegetal o animal (a lo que de una manera u otra es todavía y por siempre inconsciente, irreflexivo, prerracional). Así interpreta Hegel que la humanidad, como se dice tradicionalmente, sea el género o la especie superior, pues es la única llamada a adquirir el pleno y verdadero conocimiento del mundo. Por ello solo en y a través de la humanidad y de la filosofía que algunos individuos concretos formulan, el espíritu universal adquirirá conciencia de sí y será con plenitud la «sustancia que es sujeto». Sin la humanidad reflexiva y racional, y sin la filosofía que elabora un sistema completo a partir de la «idea» verdadera, el espíritu universal sería —para Hegel— una especie de deidad o motor meramente natural y material que nunca sabría de si misma, pues absolutamente ciega e inconsciente no conocería su poder creador.

Intentando evitar caer en el panteismo, Hegel asocia la perspectiva «idealista» y «espiritualista» que hemos sintetizado a la trinidad cristiana (pues es necesario pensar a la vez y como una y la misma las «tres personas», el Padre con el Hijo y el Espíritu Santo). Considera que la trinidad cristiana analizada especulativamente (como por ejemplo hacían místicos alemanes como Eckhart o Boehme) apunta a su teoría dialéctica del espíritu universal, de la sustancia que es sujeto, del creador que se autoconoce a través de su creación. Y para Hegel la «idea» es aquel concepto supremo que es realidad efectiva, porque es el único que permite captar, comprender y sistematizar el conocimiento de esa sustancia sujeto espiritual que se crea y autoconoce constantemente (en sus diversos momentos o figuras) a lo largo de su desarrollo que es la historia universal.

**Razón dialéctica**

La razón «dialéctica» es para Hegel aquella que se desarrolla gracias a la contraposición, la negatividad, la contradicción, el conflicto y el pólemos, pues los contiene dentro de sí como sus momentos y, por ello finalmente, es capaz de sintetizarlos y superarlos. Dialéctico es lo que acontece y se realiza a través de la contradicción y la negatividad, incluso —piensa Hegel— lo que se autopone radicalmente (puesto que es la fuerza y acción que, ya en sí, lo mueve todo) a través del contrario de si (lo particular, lo óntico).

Hegel considera que todo progreso y acontecer no es un mero, fácil y pacífico aflorar de nuevas determinaciones sino, muy al contrario, el conflictivo y violento chocar de las nuevas determinaciones contra las viejas hasta llegar a sustituirlas o, más bien, superarlas al integrar sus resultados más esenciales.

## La «idea» es concepto realizado y realidad conceptualizada

Las definiciones vulgares de espíritu o de idea se oponen al concepto de materia, de realidad física, de existencia efectiva en el mundo de los sentidos y de las cosas. Pues bien, esto no es así para Hegel: la idea no se opone a la materia o a la existencia física. La auténtica realidad tiene una existencia sensible, material, empírica, pero no solo es materia sensible es también concepto, logos, racionalidad, espíritu. Aparte de existir muestra también la razón de su existencia, la lógica de su ser empírico.

Hegel es idealista porque solo le interesan las cosas o las existencias que tienen una razón, que son comprensibles, que son racionales, que tienen espíritu. El idealismo de Hegel se basa en que la realidad puede ser conocida racionalmente como el desarrollo sincrónico de la idea en un sistema filosófico (especialmente en su formulación más «pura» en la *Ciencia de la lógica*). Ahora bien, la realidad puede ser conocida racionalmente también como un desarrollo diacrónico, histórico y empírico, por ejemplo en la filosofía hegeliana de la historia, en su historia de la filosofía, en la evolución del arte y la estética o la evolución de la aproximación humana a lo sagrado, lo nouménico y lo absoluto religioso.

Detrás de todo ello, detrás de toda auténtica realidad, piensa Hegel hay para los ojos expertos de los filósofos una profunda razón que se puede conocer y comprender. Naturalmente ello no implica que cualquier azar, circunstancia pasajera o distorsión caótica sea una realidad plenamente efectiva y se pueda comprender desde la idea racional. Hegel no duda que hay cosas que carecen de todo sentido, de toda lógica y de toda racionalidad. Ahora bien, por bárbaras, crueles y inhumanas que sean, Hegel se opone a que dejemos de pensar, conocer, comprender y —finalmente— dominar los eventos más decisivos de la historia humana, como muchas guerras, muchas ancestrales tendencias humanas o muchos inveterados bloqueos culturales. La barbarie y la inhumanidad no justifican reducirlo todo, en una claudicación nihilista culpable, a algo irracional, incomprensible, ciego, sin ningún sentido, sin nada de lo que podamos aprender —en primer lugar para poder cambiarlo en el futuro o, al menos, no volver a caer en el mismo error.

Es precisamente por estas consideraciones que Hegel considera como el criterio más decisivo de la auténtica realidad que se la pueda conocer, se descubra que responde a una ley oculta, que pueda darse una explicación racional de ella. Ciertamente, Hegel sabe que ello no evita necesariamente que esa realidad efectiva continúe siendo tan bárbara, salvaje, cruel e inhumana como antes de hacer el esfuerzo de pensarla filosóficamente. Como hemos dicho el idealismo hegeliano no tiene nada que ver con ideas peregrinas como que el filósofo pueda cambiar la realidad en este sentido, pueda hacer que lo que fue no haya sido o que debamos considerar como moral, justo, ético, deseable... cosas que no lo son, por el simple (pero importante hecho) de que finalmente hayamos conocido sus causas últimas.

## El idealismo hegeliano es dialéctico

Recordemos que el idealismo de Hegel es un idealismo dialéctico, lo cual comporta que el conocimiento y la comprensión racionales de la realidad no niegan, olvidan, obvian, menosprecian, prescinden u ocultan las partes desagradables de esa realidad. Al contrario, dialéctico es aquello que se desarrolla y se comprende solo reconociendo e integrando en un mismo proceso a lo negativo, al conflicto, las luchas, la alienación, las limitaciones humanas y mundanas, los egoísmos particulares, las pasiones (sean feroces o sublimes), los instintos, lo animal... Solo integrando y concibiendo como integrado todo ello en un proceso dialéctico puede conocerse la realidad efectiva, sin idealizaciones ingenuas, sin simplificaciones interesadas, sin utopismos sin sentido, sin ficciones meramente imaginadas, sin sueños que nunca terminaran ni se realizaran...

El idealismo hegeliano parte de la resignada convicción que también las realidades más terribles y normalmente obviadas por los filósofos tienen su papel en la realización de la racionalidad. El argumento que Hegel llama «astucia de la razón» afirma precisamente que lo racional, lo lógico y lo espiritual solo pueden realizarse efectivamente que instrumentalizando astutamente lo —en principio— irracional e ilógico, lo material y carnal, el egoísmo y los intereses particulares por vanidosos, viscerales y primitivos que sean.

Aún más, concebida especulativamente con toda su complejidad y sin engaños o eufemismos, incluso la idea absoluta y el espíritu universal (en algún momento Hegel llega a decir: Dios) solo pueden realizarse por sus contrarios relativos, carnales, finitos o animales. Por eso en cierto sentido se puede decir que de alguna manera también son o tienen existencia física y empírica, se realizan o realizan su designio a través de lo físico, empírico y carnal. Una vez más vemos que se trata de un idealismo muy carnal e incluso material, que no está tan lejos como se suele decir de su discípulo e «inversor» (pues afirmó haberlo puesto sobre sus pies): Marx.

El idealismo de Hegel (que en última instancia podría aceptar plenamente muchos marxistas) estriba sobre todo en afirmar que la realidad es racional, cognoscible y que por tanto tiene logos y es describible como «Idea». Por tanto, aquí contraataca Hegel, el espíritu universal o la idea absoluta tampoco no son simplemente algo físico, material, sensible, carnal, finito y empírico, sino también (y sobretodo —recalca—) algo más. Son una realidad racional, espiritual, absoluta, idea. Digámoslo así: además, de ser como cualquier cosa una existencia (de necesitar realizarse a través de lo efectivamente existente, sin poder eliminar sus características particulares o indeseables) tienen sobre todo una componente racional, un logos, una lógica —en el sentido más normal de término—, una explicación, un sentido, un significado... que —en último término— se vincula en un todo sistemático y especulativamente trabado que el filósofo puede explicitar. En definitiva, nos dicen algo a nosotros los seres inteligentes que nos proponemos el pensar filosófico y así nos revelan porque existen, porque son así y no de otro modo, porque cambian así y como lo hacen, etc.

Las cosas son idea o espíritu porque tienen, piensa Hegel, un mensaje para los serse inteligentes, para los científicos, para los filósofos; en última instancia para todo ser humano que se proponga a fondo la tarea del conocer. Frente al nihilismo, al cinismo o al escepticismo radicales, Hegel proclama (quedando a juicio del lector si eso es «idealismo» en alguno de los sentidos vulgares analizados) que la realidad, el mundo, la historia, la humanidad o su cultura no son mero accidente, mera casualidad, un simple azar, algo inexplicable e irracional. Muy al contrario son explicables, son comprensibles, son racionales, son también Idea, son también Espíritu además de simple cosa, materia, mundo, naturaleza, simple piedra.

Como hemos visto, la auténtica realidad es tanto existencia empírico-material como existencia lógico-racional y, a partir de aquí, hemos de entender la famosa afirmación de Hegel: todo lo [auténticamente] real es o deviene racional y todo lo [auténticamente] racional es o deviene real. En definitiva, el idealismo filosófico de Hegel se opone a las tesis más radicales (pues no todos llegan a afirmar lo contrario) de los escépticos, los cínicos o los nihilistas: no hay razón ni racionalidad; el mundo, los humanos, sus ideas, conocimientos o aspiraciones no son más que vanidad, error, falsedad e irrealidad. Ahora bien, también el idealismo filosófico de Hegel se opone a las tesis más radicales e ingenuas de aquellos que creen, sueñan o se imaginan que lo racional, espiritual y lógico pueda realizarse de forma totalmente independiente, incontaminada y sin ninguna afectación de lo material, carnal, ilógico e irracional.

Para Hegel es igualmente falso, filosóficamente y científicamente insostenible, ya sea que hay un caos material sin ninguna posibilidad de logos ni de sentido, ya sea que hay un espíritu absolutamente y perpetuamente etéreo, sin ningún vínculo o contacto con lo material, las cosas y los hombres carnales. Ni el sinsentido eterno, ni el espíritu eternamente y completamente desencarnado. Por eso dice Hegel que el cristianismo pensó lo absoluto mejor que nadie antes, cuando afirmó que Dios Padre envió su Hijo para que se encarnara en el mundo, se hiciera hombre, sufriera su calvario y —así, pero solo así— fuera vehículo de redención.

## La Idea es el objetivo último del filósofo

Naturalmente, Hegel sabe que, de buenas a primeras, nadie es capaz de comprender el sentido de las cosas. Es humano que andemos muchos años perdidos entre ellas y las tomemos como accidentes irracionales, incluso como meras torturas o sutiles engaños. Solo los locos o los incultos fanatizados confunden la realidad con su «manía» o su enfermedad y hacen paranoicamente de éstas la única realidad por mucho que choquen con ella o les falle su «teoría». Por un lado, toman los molinos por gigantes, por otro lado, toman a quien les contradice (incluso el médico que los trata o el familiar que los quiere) por traidores.

Sin ir tan lejos, remontándose a los estoicos y a Spinoza, Hegel también niega que pueda conocer la realidad aquel que se encara con ella tan solo desde su emotividad, sus sentimientos y sus pasiones. En tal caso únicamente te captará del mundo aquello que va con él, aún más: con sus emociones, pero su verdad profunda. Para conocer la realidad y captar la racionalidad el mundo se necesita contemplarlos y analizarlos en términos filosóficos. Solo la fría y lúcida mirada de la filosofía podrá finalmente comprender racionalmente con los tonos grises de los conceptos filosóficos aquello que inevitablemente se ha vivido con los contrastados colores de los dramas existenciales, pues como dice Goethe: «gris es la ciencia y verde el árbol de la vida».

Ahora bien, para poder pasar del verde o los tornasolados colores de la vida al gris de la ciencia y la filosofía, se necesita distancia crítica y profunda elaboración dialéctica y conceptual. Es por ello —afirma Hegel— que muchas personas fracasan en su intento de comprender la realidad, como aquel mayordomo que acostumbrado a ver al héroe desnudo, cansado, relajado y con todas sus humanas debilidades a flor de piel, no comprende como «ese» hombre pueda ser tan valorado o importante fuera de casa. La mirada superficial e inmediata del mayordomo no puede captar en «el gran hombre» lo que cualquier historiador capta con facilidad. Hegel siempre tiene muy presente el dicho alemán que recuerda que no existe ningún gran hombre, a ojos de su ayuda de cámara. Hegel lo interpreta en el sentido que en tal caso no hay ningún gran hombre, pero no porque en absoluto no los haya, si no porque la perspectiva desde donde lo contemplan los mayordomos les impide reconocer su grandeza.

Hegel cree que solo desde el desarrollo de la filosofía a lo largo de la historia, que en su época (no necesariamente más adelante) culmina con su sistema especulativo, dialéctico y global, se puede empezar a comprender el mundo, a conocer su racionalidad, a explicar la necesidad que lo mueve e, incluso, el fin a que apunta. Solo a través de la evolución de la filosofía, que supera —dice siempre Hegel— la del arte o de la religión, se desarrolla eficazmente la Idea filosófica solamente a través de la cual el mundo mostrará su racionalidad dialéctica.

Este es el idealismo de Hegel y así de idealista y de confiado en la razón humana es Hegel. Desprecia toda presunta «realidad», en la cual no se pueda encontrar una razón, y permanezca como un mero azar o accidente, algo vacío, mudo, faltado de cualquier significación; pues, aunque de momento se la pueda ver y tocar, terminará despareciendo sin dejar rastro ni recuerdo.

En el fondo hay muchas cosas, reales y perceptibles, que son así. Hegel nunca dice eso que todo sin excepción es real y racional. Al contrario, lo verdaderamente significativo, lo que es efectivamente y permanentemente real y racional, es relativamente poco. Pero ello es lo que da sentido a todo, sin excepción, pues en el fondo es la estructura lógico-racional del todo. Es más, es imposible conocer racionalmente cualquier cosa que sea separada radicalmente de las otras y se la considere desde tal radical escisión.

Para Hegel el conocimiento, la verdad y la racionalidad son algo que remite al todo, el cual se expresa en primer lugar como «Idea». Es un holista que quiere pensar la realidad en su trabazón dialéctica total y se niega a pensar en términos de átomos comprensivos separados, escindidos, sin relación entre si, como islas incomunicadas.

En términos arqueológicos, incluso la pieza arqueológica más valiosa (pensemos en la escultura de la Victoria de Samotracia) pierde gran parte de su valor si se la aísla del estrato, el contexto y las otras piezas que la acompañan. Ciertamente puede conservar gran parte de su valor estético, pero habrá perdido (mejor dicho: así aislada no podremos percibir en absoluto) su valor cognoscitivo y explicativo, su sentido histórico, social o filosófico. Esta idea es aún más clara si se piensa en la infinidad de pequeños indicios y restos que componen el 99% de los hallazgos arqueológicos, pero que en la significación de sus relaciones (no de ellos mismos aisladamente considerados) se construye el conocimiento arqueológico. Individuum est inefabile, decían los escolásticos medievales, y ciertamente ningún resto particular tiene sentido o significado, si no informa o remite a otros muchos y, a través de ellos, al todo cultural y social de los que son un vestigio.

Para acabar con la cuestión del verdadero sentido en que Hegel es un idealista, recordaremos una sentencia de Fichte —otro idealista—. Afirmaba que el idealista —el sabio— es aquel que se atreve y se esfuerza por buscar la idea —el mensaje racional, la explicación global, podríamos decir nosotros— que hay detrás de cualquier cosa, de cualquier existencia; puesto que no se resigna a que las cosas materiales sean solo eso —cosas materiales— y las quiere descubrir como cosas también espirituales. Y por tanto las considera en tanto que cosas para un ser libre (que es el yo, que es sujeto sustancial), el cual realiza su libertad en y a través de ellas.

Muy al contrario, el realista, el que se autodegrada a esclavo de las cosas y que por tanto deviene cosa, se cosifica, es aquel —viene a decir Fichte— que es incapaz de descubrir la significación espiritual que hay en las cosas y —viene a decir Hegel— olvida que remiten y son portadoras de la sustancia que es sujeto. Pues, siguiendo el ejemplo de los restos arqueológicos, cualquiera de ellos (aunque sea un diamante o la más bella estatua de Fidias), considerados cosificadamente, sin espíritu ni perspicacia son simplemente una piedra más, un trozo de carbono o de mármol que solo interesan porque uno puede tropezar con ellos y caerse,... piedras en el camino.

Como puede ver el amable lector, el idealismo filosófico del que hablamos y del que fue defensor acérrimo Hegel no es absolutamente incompatible con el materialismo ni ingenuamente desconocedor de las buenas razones de éste. Por esto algunos de los grandes «materialistas» de la historia —pienso por ejemplo en Feuerbach y en Marx— han sido profundos conocedores y discípulos más o menos directos de Hegel. Este último elogió Hegel comparándose con él y diciendo que solo había hecho que poner Hegel sobre sus pies. Pero es evidente que esta inversión implica que Hegel tenía tanto unos pies como una cabeza, que se había preocupado tanto de la realidad y la materia como de la idea y el espíritu.

La metáfora de Marx no dice que Hegel solo se preocupa de la cabeza y que prescinde totalmente de los pies, si no que da prioridad excesiva a la primera en detrimento de los segundos. También apunta que Marx se piensa a sí mismo como dando una cierta prioridad a lo material y a los pies, por encima de lo espiritual, lo conceptual y la «cabeza»; pero tampoco Marx prescinde radicalmente de nada. Es pues un hegeliano que, revolucionariamente (eso no se le puede negar) y en contra con el sentir general en su época, invierte relativamente las prioridades dentro de un análisis totalizador y omnicomprensivo muy próximo al hegeliano. Marx sabía perfectamente que Hegel no era, en definitiva, el idealista trascendente del mundo y de nuestra realidad que tan a menudo nos «pintan».

### ¿Qué es la libertad para Hegel?

Al igual que su idealismo, el concepto hegeliano de libertad es muy complejo y va mucho más allá de las preconcepciones vulgares habituales. Por ello deberemos analizar y superar algunas de las definiciones más famosas y potentes de libertad, pero que Hegel considera insuficientes.

### La libertad humana no es autonomía absoluta

Expondremos en primer lugar las razones por las que Hegel relativiza una de las características más básicas de la libertad según Kant y la mayoría de los modernos: la autonomía absoluta. En la modernidad se ha tendido a identificar la libertad con la espontaneidad radical de la acción por parte del sujeto, es decir que éste haya decidido actuar con plena independencia y autonomía, y no por motivaciones que remiten más allá de sí mismo (en cuyo caso no sería autónomo sino heterónomo).

Kant pensaba en este concepto de libertad cuando pedía, en su definición de «ilustración», que se rechazara toda sumisión a amos exteriores o a tutores espirituales. Ello le llevaba a proclamar el lema ilustrado por antonomasia: «¡*Sapere aude*! ¡Ten el valor de servirte de tu propia razón!» Esta era también la concepción kantiana de libertad subyacente al imperativo categórico, pues las máximas que lo concretaban no deberían venir impuestas desde fuera sino desde la más íntima espontaneidad y autonomía del sujeto moral, si bien matizaba que —para ser consideradas como éticas— también tenían que ser universalizables. Con ello Kant reclamaba al sujeto moral individual ese esfuerzo de coherencia, generalización y universalización de su actuar, consciente que era la única manera de garantizar que la espontaneidad y autonomía del individuo no condujera simplemente al libertinaje en lugar de a una libertad compatible con la de el resto de individuos.

Ahora bien y en pureza, si libertad es autonomía absoluta, solo sería libre aquél cuyas decisiones no estuvieran condicionadas por nada ni por nadie. Es por este motivo que muchos modernos consideran que falta auténtica libertad cuando alguien decide algo por temor a Dios o por respeto a los valores de su sociedad. Este último sería el caso, por ejemplo, de Héctor cuando decide enfrentarse a Aquiles —condenándose a una muerte cierta, según la *Ilíada*— pudiendo rehuir el combate (y nadie se atrevería a echárselo en cara) porque en tal caso ya «no podría mirar a los ojos a ningún troyano».

Para Hegel, aún reconociendo la importancia de la autonomía para la verdadera libertad, considera que es un concepto insuficiente. Puesto que la verdadera libertad no puede aislarse u oponerse a la esfera colectiva en qué se proyecta y realiza. También critica Hegel el profundo individualismo que hay en la reducción de la libertad a autonomía, pues presupone que si alguien se deja guiar por lo universal y racional que hay en la eticidad, en las leyes o en el Estado, en realidad no es autónomo sino heterónomo. Hegel siempre se opone a los que niegan la posibilidad que lo genérico, universal, racional y colectivo pertenezca plenamente a uno mismo y formen parte de sus más autónomos motivos.

Ahora bien, cuando Hegel argumenta así, inmediatamente recibe una de sus acusaciones más reiteradas: hegelianamente hablando solo el todo es libre, mientras que los individuos tan solo lo son en tanto que se reconocen en el todo (por ejemplo: en las leyes o en el Estado). Esta acusación es muchas veces excesiva pues Hegel acepta que la libertad como independencia o autonomía absoluta es el punto de partida para concebir la verdadera libertad, si bien necesita ser matizada para reconocer los aspectos colectivos y sociales de la libertad. Pues en caso contrario, la libertad abocaría a un radical solipsismo o, al menos, al formalismo abstracto en que Hegel considera que se pierden las, por otra parte, muy interesantes aportaciones de Kant y Fichte.

Si la libertad solo significa autonomía y ésta es interpretada como absoluta, entonces solo se es libre cuando se es independiente de todo e indiferente respecto la realidad y los efectos de nuestra acción en ella. En tal caso —contraataca Hegel— solo se actúa egoístamente (egotistamente dirá Stendhal) en función de la propia espontaneidad, llámese: el propio ser, la necesidad interna o la ley interior. Por tanto, piensa Hegel, la autonomía moral así considerada es una autoreferencia a uno mismo que excluye toda consideración a las circunstancias reales; a las instituciones sociales compartidas; a toda vinculación, afección o atención respecto a los otros hombres o al mundo. La autonomía absoluta obliga —para Hegel— a abstraerse de todo, a pretender autodeterminarse sin ningún vínculo a nada, y a darse uno mismo hasta el último motivo o contenido de las propias decisiones. Por ello, la autonomía moral de Kant fue identificada coherentemente por Fichte como el principio incondicionado y absoluto que disolvería toda limitación y toda determinación impuesta. Fue por estas consideraciones que Fichte evolucionó coherentemente desde su primer kantismo al posterior concepto de libertad como «autoposición absoluta».

Así como para Fichte el paradigma máximo de la libertad es la acción originaria del yo, por la que éste se pone a sí mismo con independencia a nada exterior. Para Hegel esta idea corresponde a una concepción meramente subjetivista y egocéntrica de la libertad. Ciertamente expresa un elemento clave de conciencia de la propia espontaneidad, que no depende de nada sino que brota de uno mismo y que es lo que uno mismo es. La necesidad del yo es su libertad y, a la vez, su libertad es su única necesidad. Pero —piensa Hegel— este concepto de libertad como autonomía absoluta y, aún más, como autoposición absoluta y originaria, solo puede aplicarse de manera plena a Dios, al todo o al espíritu universal, pero nunca a los humanos considerados individualmente. Hegel afirma que ningún yo empírico es libre, ni se autoconstituye a sí mismo y al no-yo de esta manera radical de entender a Fichte. Pues, tal autoposición absoluta —como diría Spinoza— es una característica que solo se puede aplicar a la sustancia única, a lo verdaderamente sustancial pues tal libertad es una característica ontológica de lo sustancial infinito, pero no de ningún modo finito (como lo son los humanos).

Hegel en este punto sigue a Spinoza. La libertad como autonomía o espontaneidad absolutas solo es predicable del todo sustancial que, por tanto, no tiene alteridad ni oposición. Es ley absoluta que parte de la espontaneidad absoluta y libre del todo, de la Idea, del espíritu universal. Solo desde la sustancia que es sujeto (que es lo absoluto en el todo), la libertad es espontaneidad todopoderosa y autonomía absoluta; solo entonces la libertad de la sustancia que es sujeto es la única y última necesidad de todo (pues todo le está sometido).

Por tanto, concluye Hegel, la libertad como autonomía es una necesidad subjetiva de los individuos, que quieren verse tan autónomos e independientes como reclama el individualismo liberal. Afirma Hegel que es un planteamiento representativo, abstracto e insuficiente causante de muchos errores modernos —como por ejemplo la Revolución francesa—, caracterizados porque los individuos se escinden de todo, se ponen subjetivamente a sí mismos como jueces únicos y últimos de todo (como hizo Robespierre). Muy al contrario, Hegel exige comprender que, en realidad y objetivamente, la autonomía absoluta y la autoposición originaria tan solo pueden ser patrimonio del todo, de la sustancia que es sujeto, del espíritu universal. Y los individuos sabios, como los filósofos, deben aprender a aceptar esta verdad y a reconocer su libertad en aquella.

Por todo ello, Hegel nunca va a aplicar a los humanos, de forma abstracta y formal como hacen muchos individualistas, este concepto de libertad que solo es plenamente aplicable al todo o a la sustancia que es sujeto. Para Hegel la libertad de los individuos no tenía porque escindirse de la eticidad colectiva o de la razón universal, y no solo (como hacía Kant —critica—) por un una mera formalidad que no obliga realmente a nada, sino por la necesidad especulativa pero también vital y política de reconciliar las voluntades particulares con la voluntad general o universal. Dentro de estas coordenadas, es como hay que interpretar la conocida distinción que hace siempre Hegel, entre «moralidad» (que él asimila a Kant) y la «eticidad» (que supera la anterior).

## El afortunado equilibrio de la libertad griega

Este veredicto tan negativo sobre el mundo oriental, que hoy no se sostendría ni incluso limitándolo a los momentos más antiguos (cosa que no hace Hegel), es totalmente opuesto al veredicto hegeliano sobre el mundo griego clásico. Hegel fue siempre un entusiasta y devoto de Grecia, su eticidad, sus polis, su cultura, su libertad. Para él, la Grecia clásica es un momento afortunado (quizás el que más) en toda la historia de la humanidad, hasta el punto de situarse casi al margen del desarrollo dialéctico de la libertad especialmente en su versión ternaria.

En el mundo griego clásico hay todavía una afortunada unidad entre lo sustancial y lo subjetivo, lo universal y lo particular, lo genérico y lo individual. Es una unión todavía inconsciente y, a pesar de su «afortunado» equilibrio, muestra ya su profunda inestabilidad. Lo universal y lo particular muestran la tendencia a dividir se y a tener una vida propia, a pesar de ser todavía inmediatamente solidarios. La «bella libertad» griega se basaba en la ausencia de ruptura entre libertad sustancial y libertad subjetiva, pero la escisión aparecerá pronto con la caída de la polis, las escuelas postsocráticas y el helenismo.

Precisamente la belleza del momento griego estriba para Hegel en que empieza la diferenciación de universalidad y particularidad, pero sin romper todavía los vínculos. Espontáneamente los individuos se reintegran o se mantienen dentro de la unidad. El griego se sabe uno con su polis e, incluso, cuando hay un peligro en el horizonte, sabe unirse con los griegos de las restantes polis (con las que tantas veces luchaba) para defender la libertad de todos. La bella libertad ética consiste en que la individualidad naciente tiene espontáneamente un fin universal. Grecia es por tanto un momento de afortunado equilibrio entre dos momentos unilaterales y que tienden a escindirse. Desgraciadamente, piensa Hegel, no es un equilibrio mediato, vuelto sobre sí y resultado de una reconciliación dialéctica. Su carencia estriba en ser fruto del afortunado instante natural, más casual que conscientemente buscado y conseguido, en que a pesar de iniciarse la escisión en dos polos opuestos, ninguno de los dos tiene la suficiente fuerza como por imponerse sobre el otro.

El «afortunado» equilibrio griego lo es de partida y no de resultado, es más fruto de la naturaleza que del hombre, más una suerte que una conquista;

es más fruto de una individualidad que todavía no se sabe como tal, que no de su esfuerzo consciente para reconciliarse con la polis. Grecia es el afortunado momento de equilibrio entre dos terribles momentos: Oriente y Roma. En el primero, el polo genérico o universal se imponía totalmente sobre el individual y el sujeto; mientras que en Roma ambos polos se han escindido ya suficientemente como para ser totalmente irreconciliables o para que solo la violencia pueda reconciliarlos. Grecia, pues, no es todavía la época que supera el polo individual y el universal en una nueva síntesis o afirmación superior, pero sí que es el momento que expresa lo mejor de ambos y ninguno de sus defectos.

## Comentario de las Lecciones de filosofía de la historia universal

Una de las series de lecciones más influyentes de la enseñanza hegeliana en la Universidad de Berlín es sin duda la dedicada a la filosofía de la historia universal. Con ella Hegel se situó como el principal filósofo de la historia, pues solo le puede disputar este galardón su discípulo y crítico Marx, y eso a pesar que éste pretendía ser un científico o teórico de la historia y no un simple filósofo.

Consciente de la importancia de la visión general, interpretativa y por tanto filosófica de la historia de la humanidad y sus instituciones, Hegel tenía en mente en el momento de morir el proyecto de escribir finalmente su obra definitiva sobre tal cuestión. Lamentablemente no pudo llevarlo a cabo, a pesar de redactar el importante escrito introductorio hoy editado —con añadidos de sus clases— bajo el título de La razón en la historia por uno de los grandes estudiosos de la evolución de Hegel: Johannes Hoffmeister. Así enmendaba éste el deficitario primer volumen de las Lecciones sobre filosofía de la historia universal editadas póstumamente por el discípulo de Hegel: Georg Lasson.

En el sistema hegeliano, la historia universal ocupa un lugar de transición entre el espíritu objetivo y el espíritu absoluto. Es, más concretamente, el tercer momento del Estado y representa —para Hegel— la única instancia objetiva y real que puede juzgar el Estado. Para Hegel la historia es el único juicio que se eleva por encima del Estado, ese leviatán o «dios mundano» que decía Hobbes. Pues aunque los Estados representan lo universal para sus ciudadanos, en relación con el resto de Estados son individuos enfrentados entre sí y que reclaman exactamente la misma legitimidad. En las relaciones intra-estatales o internacionales se ha perdido, por lo tanto, la relación con la universalidad y se reproduce la guerra hobbesiana de todos contra todos, si bien a una escala mucho más destructiva.

Como era habitual en su época, la hegeliana historia universal es una historia política, pero con el importante añadido que los distintos Estados hegemónicos representan distintos pueblos y deben ser considerados como momentos sucesivos en el desarrollo del espíritu universal, con toda su riqueza. Hegel considera que en la historia el mismo espíritu universal se manifiesta como «la realidad espiritual en toda la extensión de su interioridad y exterioridad». Por tanto la filosofía hegeliana de la historia engloba la práctica totalidad de los momentos de la filosofía del espíritu y representa la superación del espíritu objetivo al absoluto. El «juicio universal» que representa la historia remite a lo absoluto, eso que —según Hegel— el arte materializa, la religión representa intuitivamente y la filosofía piensa científica y especulativamente.

Por tanto la filosofía hegeliana de la historia contiene la totalidad de la filosofía hegeliana del espíritu hegeliana, si bien en su orden cronológico y diacrónico, en lugar de sistemático. Y el amable lector lo agradecerá pues, por ello, es sin duda la obra hegeliana más clara y que es más fácil interpretar sin perder de vista sus referentes. En ella Hegel se esfuerza para mostrar como los fenómenos o hechos históricos (la «empiria» histórica) deben ser interpretados para manifestar la misma «lógica» y «sentido» especulativos que el conjunto del sistema hegeliano. Precisamente por ello en las Lecciones de filosofía de la historia universal se da una conjunción constante y armónica de lo empírico y lo lógico, lo histórico y lo especulativo, quizás solo comparable con la *Fenomenología*, pero sin la compleja dificultad de ésta. Es por ello que recomendamos iniciar la lectura directa de las obras de Hegel precisamente por su filosofía de la historia.

### Límites colectivos de la autonomía personal

Alguna de las denuncias más unánimes (si bien a veces poco informadas) sobre Hegel proviene también de su peculiar concepto de libertad. Ya hemos mostrado que para Hegel, identificar libertad con autonomía personal absoluta (como piensa que hicieron a su manera Kant y Fichte), comporta la amenaza de dos extremos. El primero es que la identificación entre autonomía y libertad resulte se meramente formal, es decir que no se realice efectivamente, pues los individuos olvidan inmediatamente «su» presunta autonomía total tan pronto topan con la compleja realidad. En tal caso la libertad como autonomía personal sería un brillante pero inefectivo «brindis al sol» que, en el fondo, todo el mundo sabría que es totalmente inaplicable, irrealizable, ficticio, meramente formal.

El segundo peligro, que es inverso del anterior (que surgía de la nula aplicación real), se produce cuando se pretende realizar fanáticamente la autonomía absoluta individual. En éste caso, piensa Hegel, es inevitable que se caiga en el solipsismo, el libertinismo y la anarquía moral puesto que cada cual privilegia su conciencia particular y su interna subjetividad. Nada de objetivo, genérico, universal, común, sagrado... quedaría a salvo o, al menos, pendiente de que cualquiera decidiera oponerse a ello, solo atendiendo a su fuero interno, sin ninguna necesidad de reflexión compartida y sin buscar ninguna mediación o transacción con sus vecinos. En tal caso resulta amenazada (si no imposible) toda institucionalización política colectiva y estable, pues el individuo siempre puede desmarcarse o contraponerse a ella; decir: no tiene nada que ver conmigo o sencillamente mantener con ella una distante relación instrumental: si las instituciones o las leyes responden a mis intereses o mi conciencia moral me pliego a ellas, pero en caso contrario, rompo totalmente con ellas y no cumplo sus preceptos. Aunque Hegel ve nacer este extremo anarquista en la concepción individualista liberal y kantiana de libertad, Kant nunca llegó a este extremo y únicamente apuntaba a que —si chocan con la propia conciencia moral— los individuos deberían en el uso público de la razón denunciarlas, criticarlas y aspirar a cambiarlas, pero deberían obedecerlas mientras fueran vigentes.

Ahora bien, para Hegel la autonomía absoluta tiene el peligro de no ser tanto la base de la libertad bien entendida, como más bien del libertinaje individualista. Este sería el resultado de limitarse a considerar el problema de la libertad en el individuo en tanto que aislado (algo a todas luces irreal —cree Hegel-) y en lo meramente subjetivo, pues lo único que tiene importancia en tal planteamiento son las profundidades interiores de la conciencia individual. La libertad reducida a autonomía absoluta —denuncia Hegel— no tiene en cuenta lo que es ahora y aquí realizable, lo que es efectivamente posible e, incluso, lo que es inevitablemente contraproducente.

Atacando directamente a Kant, Hegel piensa que la responsabilidad por la gestión de la propia libertad no puede limitarse meramente a la intención subjetiva, sino también incluir a las consecuencias efectivas de los propios actos, por más que uno no quisiera lo que resultó de ellos. Hegel ve que la responsabilidad personal debe de alguna manera incluir, al menos, a aquello que manifiestamente se veía que iba a resultar de los propios actos. Pues en caso contrario, simplemente se promociona la fácil irresponsabilidad de aquel que reconocer que no era su intención provocar un incendio —por ejemplo— pero que sí que veía que muy probablemente éste podía resultar de sus actos. El «realista» Hegel reclama un concepto de libertad que vaya más allá de la intención subjetiva y reivindicar la autonomía plena, para atender también a las circunstancias objetivos y los efectos reales de su ejercicio.

Además, considerando que el ejercicio real de la libertad es siempre en sociedad, el realista Hegel exige que se piense un concepto de libertad que incluya también sus consecuencias y condiciones de posibilidad colectivas. Con un realismo político-social cercano a su discípulo Marx, Hegel coincide aquí con su amigo Hölderlin, con Herder o Rousseau (que privilegiaba la «voluntad general» por encima de la individual) en buscar un concepto de libertad que no sirviera para pensar la libertad individual y atendiendo meramente a su conciencia particular, sino también la colectiva y atendiendo a todo el pueblo, al conjunto social.

## El Imperio romano disciplina de la libertad

Para Hegel, el fin de Grecia y el advenimiento del mundo romano vienen marcados por la rotura de aquel «afortunado pero inestable» equilibrio. Son, por tanto, resultado de la necesidad de crecimiento y desarrollo del espíritu. El polo naciente de la subjetividad y de la personalidad reflexiva se ha ido escindiendo hasta llegar a oponerse totalmente a cualquier instancia general o elemento universal. Éste es el momento, por lo tanto, de la libertad subjetiva; ella predomina totalmente y no tiene ningún contrapeso. Será necesario un largo proceso histórico negativo y doloroso para que la subjetividad haga el aprendizaje de su total negación y comience a girar su vista hacia la universalidad.

Solo con la terrible disciplina que la evolución del Imperio Romano y de sus despóticos emperadores, las nuevas subjetividad e individualidad sufrirán hasta sus últimas consecuencias la experiencia de la escisión y, solo entonces, empezarán a descubrir en su propia soledad absoluta el fondo universal con el que deberán reconciliarse. Notará el amable lector la gran proximidad de algunos de los momentos históricos analizados en las hegelianas Lecciones de filosofía de la historia universal —publicadas póstumamente— con algunas de las figuras de la conciencia de la primera gran obra de Hegel la *Fenomenología del espíritu.*

## ¿El Estado realiza o mata la libertad?

Una noción más positiva, «realista» e «institucional» de libertad debe ser edificada por Hegel para hacer coherente su concepto de eticidad y, en definitiva, de Estado: «La presencia viva del Estado en los individuos es lo que ha sido denominado eticidad. El Estado, sus leyes, sus instituciones, les pertenecen... La historia de este Estado, sus acciones y las acciones de sus antepasados, les pertenecen; viven en su recuerdo y ellas los han hecho el que son. Todo esto constituye su propiedad, por la cual son a la vez poseídos, puesto que conforma su sustancia, su ser. Es plena la representación que se hacen de sí mismos, y su voluntad consiste en querer estas leyes y esta patria... Esta comunidad espiritual es un ser, el espíritu de un pueblo. Al ser espiritual, todas sus determinaciones unidas en una entidad simple que debe ser fijada como un poder, un ser».

Como vemos, la relación de los individuos con el Estado es —para Hegel— básicamente de identificación, de subordinación y abnegación. Presupone que el espíritu objetivo, desde las leyes a las instituciones estatales, es algo universal (hoy más bien decimos «general») que preexiste, supera y acoge en todo al individuo. Herder decía de la familia y de la comunidad civil, precisamente en contra el Estado, lo mismo que dice Hegel del Estado (a la vez que supera y subordina a la familia y la sociedad civil). Así como nadie puede escoger su padre o su familia, Hegel viene a presuponer que nadie puede escoger el Estado y el momento histórico en que nace. Quizás no se trate de un vinculo genético, biológico, educativo o sentimental, pero no por ello tiene menos fuerza el vínculo real y efectivo que une a los individuos con «su» Estado (máximamente cuando también «educan» a sus ciudadanos) y momento histórico. Además deberá reconciliarse con ellos, piensa Hegel, pues por mucho que a alguien le disgusten su padre, familia, Estado o época histórica tendrá que de alguna manera reconciliarse con la realidad objetiva de su pertenencia o vínculo con ellos e, incluso, su dependencia o determinación. Por tanto concluye Hegel: la libertad debe tener en cuenta y contemplar ese elemento constitucional y primigenio, sin menospreciarlo como hace gran parte de la Modernidad.

Para Hegel la libertad no puede ser nunca la tarea de cada individuo en su aislamiento particular, sino de todos los individuos unidos en comunidad y que se dan una institucionalización efectiva —en última instancia estatal— para garantizarse precisamente la libertad. Por eso mismo el correcto concepto de libertad debía servir para tender puentes entre los individuos y no para que estos se cerraran sobre sí mismos, aunque sea apelando a su conciencia moral. Hegel, como Rousseau, Herder y Hölderlin (aunque éstos tres, cada uno a su manera, también denuncian el despotismo de las instituciones sobre los individuos) piensa que el reconocimiento mutuo de la propia libertad debía, a la vez, comportar el reconocimiento de lo compartido. Rousseau, Herder y Hölderlin dan además mucha importancia al reconocimiento emotivo de la amistad, el amor y el sentimiento que hace que los hombres se sientan como hermanos y no solo como participes de unas mismas frías y distantes instituciones (el peor sentido de conciudadanos).

En cambio, llevado por su realismo institucional y su muy arraigado rechazo de lo sentimental (algo que marco su enconado enfrentamiento con Fries o Schleiermacher), Hegel tiende a identificar libertad con lo efectivamente permitido y garantizado por las instituciones políticas y jurídicas. Hegel añade una estricta identificación entre libertad y la institución que la garantiza, a la reclamación de que la libertad compartida debía romper las barreras entre los individuos. Piensa que, si la libertad no puede ser mía sino de todos, ello comporta que nadie puede sustraerse unilateralmente del todo. También en el camino de la libertad el viejo lema de juventud «hen kai pan» (uno y todo) continua siendo central para Hegel y en él continua predominando el «todo» por encima del «uno», del individuo. La libertad es, pues para Hegel, algo eminentemente colectivo, encarnado en el «espíritu objetivo» o «objetivado» en instituciones políticas, y va más allá de la subjetividad individual, la sensibilidad particular o la conciencia moral individual.

Únicamente se encarna en una institución pública y objetiva —piensa Hegel—, la libertad no solo no amenaza el orden social sino que lo fundamenta, no solo no genera anarquía sino que rompe el individualismo, el particularismo, el subjetivismo (por morales que sean). Solo institucionalizada y captada en su necesaria dimensión colectiva, la libertad deviene objetiva (espíritu objetivo) y hace de la mera suma de individuos un pueblo, una comunidad, un todo, un Estado.

Para Hegel, pues, la libertad no era solo un factor interno y subjetivo de la convicción del individuo, vinculada a la kantiana «ley moral en el fondo del corazón» y la propia conciencia moral, sino sobre todo un factor real, externo, objetivo, colectivo y jurídicamente institucionalizado. La libertad implica —para Hegel— no tanto saberse como absolutamente autónomo e independiente de todo, sino reconocerse en el marco jurídico institucional que hace posible la propia libertad, incluso reconocer como propias las determinaciones que éste representa. Naturalmente esta perspectiva le ha sido muy criticada a Hegel, pues se le acusa de renunciar a la libertad y conciencia moral para abrazar el stablishment, para legitimar el poder dominante, para divinizar las leyes promulgadas por injustas que sean. Esta acusación partió incluso de gente tan cercana e incluso implicada con el hegelianismo como Hölderlin o Rosenweig.

Ahora bien, Hegel ya en la *Fenomenología* siempre contraataca denunciando que la libertad no debe ser patrimonio de la figura del espíritu denominada «alma bella» que es totalmente incapaz de reconocerse en lo concreto, de pactar con la realidad, de aceptar el mundo como es, de actuar finalmente en él y no permanecer en un eterno soñar o desconsuelo. Para Hegel hay una libertad superior a la de la moralidad (la convicción interior, la conciencia moral, la responsabilidad o la intención), es la que corresponde a la «eticidad» que se reconoce en los resultados objetivos de las propias acciones, se reconoce en las instituciones e, incluso, se abniega en las leyes promulgadas y en el Estado. La primera solo es libre cerrada sobre si misma y en el aislamiento de su convicción subjetiva, mientras que la segunda —piensa Hegel— lo es en el derecho, la ley, el Estado, a los que reconoce como la exteriorización objetivada de si misma.

## ¿Solo el todo es libre?

Para Hegel, en lo otro, en la exteriorización, el Estado, el mundo y la historia también se expresa la libertad, puesto que esto otro es la exteriorización, obra y creación de la libertad. Por eso, cuando sus críticos le recuerdan que eso solo es así si se piensa que el sujeto de la libertad es el todo previo al individuo y a su toma de conciencia, Hegel contesta que por supuesto que es así, pues solo en la omnicomprensiva sustancia que es sujeto coinciden plenamente: libertad y necesidad, intención y resultado efectivo, proyecto y obra, espíritu subjetivo y espíritu objetivo, conciencia moral y eticidad.

Cuando se le argumenta a Hegel que el todo o la sustancia que es sujeto son algo preexistente y dado como naturaleza (pero no escogido) a los individuos; Hegel contesta que es así en el primer momento de la dialéctica, pero deja de serlo en su tercer momento, cuando el yo individual se reconoce y abniega en lo que ahora y aquí es absoluto, racional, encarnación del espíritu universal, realización de la sustancia que es sujeto. Para Hegel es condición necesaria que el individuo particular se reconozca en lo otro y en el todo, para saberse libre. Ésta es la primera condición y el punto de partida absoluto, solo en un segundo momento la libertad es algo que se puede predicar de los individuos, de las partes y no del todo. En pureza y rigor especulativo, para Hegel solo del todo se puede decir que es libre; mientras que los individuos solo merecen este calificativo en tanto que se identifican, reconcilian y armonizan con el todo.

Como dice Hegel muy claramente, la libertad solo puede existir cuando se sabe que la individualidad está presente positivamente en la divinidad, la racionalidad, lo genérico y lo universal, cuando la subjetividad se contempla en el ser mismo de la divinidad, racionalidad o universalidad. En definitiva, la libertad solo es posible en un individuo particular cuando reconoce la necesidad sustancial y universal como el propio ser; cuando sabe que esta necesidad lo constituye y, entonces, se pone espontáneamente al servicio de esta necesidad, identificandola con la propia libertad y espontaneidad.

Así hemos llegado a un aspecto clave de la definición hegeliana de libertad (que enlaza directamente con la espinocista): ser un mismo en lo otro y en el otro, porque se sabe que tanto uno mismo —como particular— como el otro —como particular— son parte y momentos del todo, portadores del espíritu universal, modos de la sustancia que es sujeto. Con esta definición, la libertad acontece entonces no en la autonomía, en la ausencia de ley interpretada como coacción o en la interioridad de la conciencia moral, sino en la ley promulgada, en el derecho objetivo, en lo colectivo social institucionalizado y en el Estado. Pues solo éstos garantizan el ejercicio de la libertad y la posibilidad de la acción libre y, además insiste Hegel, solo en ellos el individuo puede ver objetivada y realizada su libertad. Para ello, los individuos deben reconocer el «espíritu objetivo» y reconciliarse con él (aunque sea con consecuencias personales dramáticas como la salida hegeliana de la Universidad de Jena).

La conciencia individual ha de reconocerse en la realidad racional, como la exteriorización auténtica que expresa lo absoluto, la sustancia que es sujeto, que es —recuerda Hegel— lo absoluto del ser propio de la conciencia individual. Esta debe reconocer las leyes efectivas y públicas como, de alguna manera, obra de ella misma aunque la perjudiquen particularmente. Debe verlas «en y para sí» como su «exteriorización», como lo que «en sí» ella siempre ha sido, pues en caso contrario —para Hegel— no hay reconocimiento, sino tan solo «alienación». Las instituciones, las leyes, la historia... sería ajeno, a excepción del punto focal de la propia singular convicción interior. Hegel apostrofa que no se puede ser libre ni racional si se opone así de radicalmente todo a la propia, singular y subjetiva convicción; no puede ser libre ni racional un yo que se piensa como no teniendo nada que ver con el mundo, los otros, el Estado, la historia...

El «alma bella» o la «conciencia escindida» son trágicas, esclavas de si mismas e irracionales (viene a decir Hegel) porque son incapaces del más mínimo reconocimiento de lo otro de si, del mundo, la naturaleza y la historia. No duda Hegel, que estas figuras y otras no tengan «su» verdad, en el sentido que representen un cierto momento necesario del desarrollo del espíritu y la razón; pero insiste en que hay que superarlo, que son ellas las que deben cambiar y deben reconocer lo otro como parte de si mismas. Esta es la definición de libertad que preside la política, la filosofía de la historia y lo filosófico para Hegel. El yo individual, solo puede saberse y «ser» efectivamente libre, si se reconcilia con el «espíritu objetivo» encarnado en su pueblo, Estado e, incluso, en el desarrollo histórico. Todo ello no es nada más la exteriorización objetiva de un momento y principio del espíritu universal en su desarrollo histórico.

Por esto piensa Hegel que no es libre el individuo que actúa de una manera caótica o irracional dominado por sus pasiones particulares o instintos animales, sino el lúcido sujeto que hace suya la libertad objetivamente expresada en la vida ética de su pueblo, se la autoimpone y está en esta vida ética como en sí mismo. Se reconoce en ella y, por tanto, en ella y gracias a ella es libre. Aparentemente Hegel y Kant son absolutamente irreconciliables llegados a este punto, pero en muchos puntos no es así si se piensa en escritos kantianos como Idea de una historia universal en sentido cosmopolita o La paz perpetua. Aunque eso sí en contra de Hegel, Kant y otros muchos siempre guardaran una distinción suficiente como para no identificar totalmente la auténtica libertad con el Estado, el derecho consuetudinario o la marcha efectiva de la historia. Los kantianos, liberales y los individualistas nunca harán el salto hegeliano que asimila libertad con el espíritu objetivo, con las garantías objetivas y promulgadas de tal libertad, por mucho que puedan entender que éstas son muchas veces la única realización positiva y la única satisfacción efectiva de la libertad; pues solo con ellas la libertad adquiere existencia y garantía objetiva.

## Inicio de la libertad en la historia

Ya sea a favor o en contra de las voluntades particulares de los individuos e incluso de los Estados, la historia universal de la humanidad es —para Hegel— donde en última instancia se realiza la libertad y el proceso de desarrollo de los distintos momentos de la libertad. Ese proceso de realización es paralelo con el desarrollo del autoconocimiento y del reconocimiento tanto de la propia condición de ser libre como la de todos —en última instancia—. Tal proceso se manifiesta tanto en los individuos en su conciencia personal, como en las instituciones en función de los principios objetivos que realizan, pero sobretodo se expresa simbólica y sensualmente en el arte, dogmática y sacralizadamente en la religión y —finalmente— en su suprema, conceptual y especulativamente en la filosofía.

Solo en este último caso hay verdadero autoconocimiento y autoconciencia, pues se solo entonces se ha explicitado la propia constitución por lo universal que se expresa en el espíritu objetivo y en el espíritu absoluto. Solo entonces hay reconciliación con este contenido que es el propio y se está en sí mismo en todas las acciones del espíritu universal; entonces la libertad positiva ha devenido absoluta. Solo entonces hay pleno conocimiento y reconciliación universal. El espíritu universal, el espíritu del pueblo, la universalidad, constituye ya en sí el individuo, la particularidad. Como dice muy significativamente Hegel: «Nadie se retrasa [de su tiempo] y todavía menos lo adelanta. Este ser espiritual es su ser, es un representante de él; de él procede y en él permanece. Esto es lo que constituye la objetividad de aquellos [individuos]; el resto es puramente formal».

En primer lugar tenemos que advertir que la prehistoria es una etapa que Hegel no incluye dentro de la historia universal, pues considera (como era habitual en la época) que la historia solo comienza con la aparición de la escritura y del Estado. Especialmente grave y significativo es para Hegel que en la prehistoria la humanidad no hubiera alcanzado el nivel del «espíritu objetivo», es decir una institucionalización objetiva de tipo estatal. La dura conclusión es clara para Hegel (y esperamos también para los amables lectores que nos hayan seguido en los apartados anteriores): durante esos miles de años la humanidad ha carecido propiamente dicho de libertad. En la prehistoria los hombres y los pueblos se mueven por instinto, por el más inmediato e irreflexivo libre arbitrio, por la autoridad arbitraria o por relaciones puramente animales.

Para Hegel la historia comienza propiamente en los grandes imperios orientales, pues en ellos ya aparece el Estado. También y por lo tanto se produce entonces el primer barrunto o aparición de la libertad si bien claramente deficitaria e insuficiente. En todo el «mundo oriental» antiguo (Hegel parece pensar que incluso en el Oriente moderno), hay un dominio despótico de la «libertad sustancial» pues la universalidad predomina absolutamente y de una manera inmediata y todavía natural. Hegel considera que por tanto lo genérico o universal no deja el más mínimo lugar para la particularidad o la acción autónoma de los individuos, los cuales además están faltos de toda auténtica subsistencia y autonomía. En tal situación no hay libertad subjetiva, piensa Hegel, y por lo tanto no hay auténtica libertad objetiva o positiva, pues en ningún momento pueden ser mínimamente validadas por los súbditos ni precisan en absoluto de su reconocimiento subjetivo o soporte personal.

En los imperios orientales antiguos la personalidad individual así como la libertad subjetiva no han llegado a constituirse y, por lo tanto, todo lo individual o particular acontece como una mera prolongación de la universalidad. El mundo oriental no permitió —afirma Hegel— la más mínima separación o distancia social, provocando que la sociedad sea una masa demasiado compacta y un todo monolítico. Como consecuencia de ello, razona Hegel, las leyes o el derecho adoptan la forma de costumbres incuestionables y naturales que los individuos no pueden soñar con incumplir ni, incluso, plantearse modificar o reflexionar.

## El reconocimiento es condición efectiva de la libertad

Evidentemente y a pesar que se le acuse de olvidarlo, Hegel piensa que también el espíritu objetivo (incluyendo el Estado) debe ser legitimado en y desde el reconocimiento de los individuos y el pueblo entero. Cuando a las instituciones o el espíritu objetivo se les niega persistentemente el reconocimiento, no podrán evitar su estrepitosa caída, siendo sustituidos por otras leyes, otro espíritu objetivo, otra constitución, otro tipo de Estado y otra nueva vida ética. Hegel no niega que la conciencia moral autónoma del sujeto libre lo juzgue todo sin excepción, aunque sí avisa con cruel «realismo» que la libertad del «espíritu objetivo» solo está verdaderamente garantizada en y por «el espíritu objetivo». Por otra parte, piensa Hegel, lo social y político nunca será del gusto de todos los individuos, con lo cual éstos además de juzgarlo desde su libérrima conciencia, también deben hacer el esfuerzo de reconciliarse con el interés general, con lo universal.

Así, en la medida en que el Estado constituye un marco institucional con y en el que los individuos se reconocen —piensa Hegel— se convierte en realización de la libertad y merece (al menos a largo plazo) que éstos abnieguen de sus intereses mas inmediatos en función de los del conjunto. No hemos de olvidar que la libertad efectiva exige el reconocimiento mutuo y recíproco de la libertad de todos y cada uno a través de una institucionalización (espíritu objetivo). Pero para ello, piensa Hegel, se necesita el reconocimiento mutuo entre los individuos y, además, que éstos se reconozcan como constituidos o representados por las instituciones. Ello comporta por tanto un saber que reconcilie universalidad y particularidad, ley e intereses, Estado e individuo. Por tanto, el saber del espíritu objetivo (que, para Hegel, ya transita a espíritu absoluto) es así condición de posibilidad para que el individuo pueda descubrir y adquirir conciencia del propio ser universal y emanciparse así de las particularidades que a menudo lo confunden: instintos, egoísmos, deseos, intereses, pasiones, caprichos... y en cierto sentido —añade Hegel aquí muy peligrosamente— su conciencia moral más personal, su subjetividad y libre arbitrio más personal.

En última instancia y en contra del liberalismo, Hegel considera que mientras el ciudadano deja subsistir en sí mismo algo particular, no culmina su existencia como universal y, por lo tanto, no puede acceder a la libertad efectiva y real. Para Hegel y la tradición que generó que incluye una gran parte del marxismo, la condición misma de la liberación del individuo pasa por la limitación y eliminación de todo componente particular, animal e incluso sentimental. Solo la universalidad hace libres, viene a pensar Hegel; y por ganar lo universal racional está dispuesto a sacrificar lo animal, lo emotivo e, incluso, todo lo particular y individual. Como sabemos esta denuncia fue especialmente destacada en Kierkegaard, pero otros la hicieron antes que él y Hegel siempre contraatacó recurriendo a su dialéctica: ésta permitiría la conservación de la conciencia personal, lo particular, lo animal y lo sentimental, pero «superado» en un nivel superior que lo armoniza con lo universal y racional.

Por eso y a diferencia de Kant para quien la razón práctica no implica conocimiento, éste es tan importante para Hegel en el ámbito ético y político como en el científico y especulativo. Pues es también y en el fondo conocimiento el reconocimiento del particular en lo general o universal. Para Hegel, implica un proceso de conocimiento, que es autoconocimiento y el fundamento último de la libertad. Así el conocimiento es condición de posibilidad del autoconocimiento y del reconocimiento mutuo entre los individuos, y por tanto de la reconciliación colectiva que es la base de la libertad y la liberación. El racionalista idealista Hegel considera que solo a través del pensamiento y del saber de la universalidad, ésta pierde su «extrañeza» para el individuo y éste deja de sentirse ajeno o alienado por ella. Aún más piensa Hegel, solo somos universales en cuanto que pensamos racionalmente y, por lo tanto, solo por la vía del pensamiento somos libres.

Solo pensando y asumiendo la lógica racional y global, se realiza efectivamente la autonomía individual, es efectiva su espontaneidad racional y puede lograr la reconciliación que lleva a la libertad. Solo entonces —piensa Hegel— se actúa exclusivamente en función de lo que es racional y universal en uno mismo y de donde brota la espontaneidad. Para Hegel, para la liberación del individuo, lo personal, emotivo y empírico debe ser superado y abnegado en lo general, universal, racional, «lógico». Supone asumir que la universalidad y racionalidad ya en sí constituye el individuo, que no es nada externo o añadido pasivamente a él. Al contrario insiste Hegel: es su propia esencia, su propio ser y su «verdad».

Hegel expresa mucho bien esta idea cuando dice: «el hombre es voluntad y solo es libre en cuanto que quiere lo que su voluntad es». Y es que para Hegel la «voluntad» que realmente es —incluso en los individuos—, en última instancia es esencialmente universal. Quizás anticipando alguna idea de Schopenhauer (por mucho que éste lo odiara), Hegel afirma que captada en profundidad la voluntad es o puede remitirse a lo universal como el pensamiento. Por lo tanto, vuelven a coincidir los «enemigos» Schopenhauer y Hegel: el individuo solo encontrará sosiego y superará el desconcierto angustioso del «principio de individuación» si renuncia o supera (aquí hay ciertamente un esencial matiz que los separa) su particularidad y se abniega en lo general, si piensa su voluntad particular como la voluntad universal, si reconcilia su libertad con la necesidad cósmica.

Entonces, considera Hegel, la libertad que antes solo era en sí (puesto que el individuo particular desconocía su propio ser) pasa a ser para sí y, aún más, pasa a ser objetiva y absoluta: en y para sí. Por ello el saber, que nace del autoconocimiento pero también del reconocimiento en y de los otros, es esencial para Hegel y puede decir con rigor que: aquel que no sabe que es libre, no lo es efectivamente. También por ello Hegel concluye (provocando unánime escándalo) que la libertad solo puede ser efectiva cuando es reconocida y realizada en el Estado, en las leyes, en lo general objetivo. Y solo entonces se puede pensar que el mundo o la historia son el reino de la libertad. Para Hegel una tarea primordial —quizás la suprema— de la filosofía y del pensamiento es hacer posible (incluso necesaria para el individuo) su abnegación en lo general o universal; elevando por tanto el espíritu objetivo a espíritu absoluto.

## Libertad y reconciliación germánico-cristiana

Hegel saluda el mundo germánico y cristiano como el lugar y la época donde se realiza la reconciliación de universalidad y particularidad, donde la subjetividad superará las últimas pruebas y se reconciliará con lo universal y objetivo. El espíritu divino ha venido al mundo —dice Hegel— y, por tanto, la subjetividad se reconcilia con ese mundo divino y racional si quiere lograr la auténtica libertad. El espíritu objetivo y el subjetivo se reconcilian y se reconocen como momentos de uno y el mismo espíritu. El sujeto es libre para sí y lo es de acuerdo con lo universal; piensa Hegel que por tanto el sujeto se ha vuelto verdadero, ha abandonado la opinión subjetiva y se ha autoimpuesto el contenido objetivo.

El resultado del mundo cristiano germánico es que, sin caer en una desindividualización, sin negar las diferencias y particularidades, y precisamente desde ellas y por su medio, se asume abnegadamente lo general o universal. Entonces se vivirá en el reino de la libertad. De este modo, el mundo cristiano germánico representa un nuevo equilibrio entre el polo particular y el universal, pero ya no es el equilibrio previo a la escisión, sino la reconciliación que supera y es resultado reflexivo de la escisión. Tal superación no tendrá como resultado negar la existencia empírica de los dos polos, los dos existen efectivamente, si bien mantienen adecuadas relaciones fijadas por la razón. Así se garantiza la auténtica libertad, los individuos particulares y subjetivos disfrutan de su autonomía y desde ella deben enjuiciar y aceptar la universalidad.

La auténtica libertad solo surge de la aceptación convencida de la necesidad y la superioridad de la universalidad por encima de lo meramente particular. Pero esa aceptación espontánea y racional de lo común-universal no representa tampoco la eliminación acto seguido de las particularidades y de la subjetividad. Éstas tienen su ámbito propio en la vida social, un ámbito reconocido y legítimo, si bien de inferior rango; es el ámbito de la propiedad privada y personal, el ámbito de los contratos voluntarios y del intercambio. También es el ámbito de la moralidad, de la familia y de las relaciones personales y, además, de la sociedad civil, las relaciones puramente económicas, instrumentales, contractuales, de la libre concurrencia de los intereses privados. En todos esos ámbitos —afirma Hegel— perviven legítimamente la particularidad y la subjetividad, el carácter y lo sensible, el contrato privado y la búsqueda del beneficio propio, los intereses y las necesidades individuales.

A pesar de las críticas que se le hacen a Hegel acusándole de lo contrario, él siempre afirma que la universalidad no elimina nunca en estos ámbitos la riqueza de la subjetividad y la particularidad (las cuales no podía sino valorar el burgués y liberal que había en el fondo —aunque muy en el fondo— de Hegel). Ahora bien y como legítima garantía de la libertad individual y la justicia, cuando se produce un delito, un fraude o una violencia —que son la imposición ilegítima de una particularidad sobre otra— serán perseguidos, condenados y expiados. Pero tiene que quedar bien claro —insiste Hegel— en que no serán perseguidos por provenir de un acto particular o subjetivo (en este ámbito algo legítimo y respetable) sino por ser un atentado a otra particularidad.

Los tribunales o el Estado actuaran aquí como representantes de la vigilante universalidad y adoptarán el punto de vista de la particularidad «ofendida» o violentada en su libertad y derecho particular, para restablecer el libre y justo juego entre las distintas particularidades. En este ámbito las instituciones del espíritu objetivo representan la garantía arbitral universal al servicio de la sociedad civil, ejerciendo de administración delegada. Aún respetando el libre juego de las particularidades y precisamente garantizándolo, la clase universal de los funcionarios al servicio del Estado hará valer su perspectiva superior con independencia de cualquier tipo de particularidad o subjetividad.

Aunque no se le escapa a Hegel que sería deseable que a nivel internacional también apareciera una instancia defensora, enjuiciadora y garantizadora de lo universal humano por encima de la pugna de los Estados individuales, el estricto realismo político de Hegel lo desmarca de planteamientos como el de Kant. Es sabido que Kant interpreta el ideal moderno de convertir a la humanidad en una justa comunidad de hombres libres, unidos por efectivos vínculos éticos y sociales. Ello comportaba necesariamente para Kant la creación de una sociedad de naciones que funcionará como una especie de justa república mundial que uniera sin excepción a toda la humanidad en una misma ciudadanía con los mismos derechos y deberes.

Sin dejar de valorar el ideal kantiano de la sociedad de naciones y la paz universal, Hegel —llevado por un crudo realismo— lo considera como —al menos de momento— un mero postulado sin valor efectivo, un ideal hipotético y utópico, un sueño. Por ello incluso se niega a pensarlo como hipótesis y como perspectiva de futuro; aunque si se le preguntara en estos términos no dudaría en aceptar que, sin duda, es el reto máximo que le resta a la humanidad. Así como el Estado y las leyes han devenido (o tienen que devenir) la realización de la libertad en sus territorios; una nueva institución supraestatal tiene que devenir la realización de la libertad en el ámbito internacional y defender la universalidad humana por encima de los Estados particulares.

## Contra la libertad liberal

Como vemos, solo el sistema filosófico o, al menos, el saber absoluto que resulta de su perspectiva holista son, para Hegel, lo permite distinguir entre la auténtica, positiva y efectiva libertad, de sus conceptos falaces o insuficientes. Solo la libertad positiva tiene por principio la comprensión. La conciencia y el saber de la voluntad universal. Desde esta perspectiva, Hegel se sitúa en un extremo de lo que se ha llamado «libertad democrática» (Berlín, Bobbio...) y en total oposición a la llamada «libertad liberal». Aunque Hegel habla más de libertad «positiva» o «sustancial» se opone frontalmente a vincular —aunque sea mínimamente— a la libertad con la ausencia de limitaciones, la falta de normas, el ámbito de lo protegido de la vigilancia y acción estatal, la subordinación del Estado a los ciudadanos, el predominio político de la voluntad individual y la interpretación del juego político «libre» a partir de la concurrencia (por «sana» que se quiera ver) de los diversos intereses particulares en juego.

Recordemos que para Hegel la libertad liberal se limita a «desatar» y «liberar» sin condiciones a lo subjetivo y el libre albedrío particular. Tiene la grandeza pero también las profundas limitaciones de ser simplemente «el impulso del hombre contra los destinos exteriores» y de no atender en absoluto a la grandeza o no de esos «destinos exteriores». Es abstracta, carente de concreción, de determinaciones racionales y universales, de determinaciones éticas o jurídicas. Responde al carácter del individualismo y su contenido le viene dado por el carácter, intereses y circunstancias de cada cual.

Para Hegel la libertad liberal es en última instancia impotente, pues depende en exclusiva para su realización de la voluntad contingente del individuo, de la volubilidad de éste e, incluso, de circunstancias fortuitas. Al no tener a su favor la necesidad de la sustancia que es sujeto o del espíritu universal solo sobrevive en función de los azares de «la empiria» pero no tiene más trascendencia, ni «lógica» (general, universal, desde el todo y en función de su Razón) y, por tanto piensa Hegel, finalmente desaparecerá sin dejar rastro.

Además Hegel denuncia que la concepción liberal de la libertad diviniza y hace gala de algo que en el fondo es un inconveniente: las distintas libertades subjetivas y los diversos individuos particulares se oponen entre sí, se enfrentan los unos a los otros y, por tanto, en última instancia se anulan mutuamente. Para Hegel la libertad liberal remite a lo que llamamos «un juego de suma cero», en el cual la libertad de uno va en contra de la del otro y que toda ampliación de una significa la disminución de otra exactamente en el mismo grado y proporción.

En cambio, la libertad positiva y efectiva que Hegel defiende es objetiva pues está realizada en el Estado, está promulgada públicamente en las leyes, está plasmada en la institucionalización objetiva y en la vida ética de los pueblos. Tampoco no está faltada del reconocimiento y el apoyo de los ciudadanos pues, piensa Hegel, responde a la interiorización y asunción de un marco ético y jurídico. Es concreta y evidencia sus determinaciones de una forma objetiva y pública. Es universal pues responde a principios racionales abstractos y a los principios —esos más concretos— de cada pueblo, además de a la evolución global de la historia de la humanidad.

Por todo ello la libertad positiva es poderosa pues no depende del veleidoso apoyo de los individuos o de las circunstancias externas, sino que —piensa Hegel— responde al mandato «lógico» y «racional» del espíritu universal. Aunque Hegel les da una importante papel en el segundo momento de la dialéctica, tampoco su realización depende totalmente de la oposición de las libertades individuales, los intereses particulares o la concepciones singulares.

Además concluye Hegel la libertad positiva surge implícita, si no explícitamente— de la reconciliación y armonización de todos los individuos y sus libertades, unidos en un todo ético. Por ello y a diferencia de la libertad liberal, afirma Hegel en la positiva: las libertades de cada uno se potencian y no caen en un inútil juego de «suma cero». No se anulan mútuamente, sino que el derecho y la justificación de la libertad para uno comporta (o debería comportar en una situación justa) el reconocimiento de ese mismo derecho y libertad para cualquier otro.

Como vemos, oponiéndose a la libertad liberal y aquí coincidiendo con Kant, la libertad positiva hegeliana nace de la autoimposición de una norma universal, válida en todo momento. Pero además Hegel, ya en contra de Kant, no deja al individuo definir personalmente la máxima conforme a la cual universalizar su comportamiento, ni tampoco reduce la norma universal a algo puramente formal que el individuo debería completar; pues para él debe ser explícitamente concreta, con contenido objetivo y promulgada en todos sus detalles. Hegel piensa que la libertad positiva debe ser para el individuo la realización del contenido de la universalidad objetiva presente en cada momento: «la libertad es querer algo determinado, pero en esta determinación permanecer consigo [bei sich] y retornar nuevamente al universal». En definitiva, Hegel sabe que la libertad positiva en tanto que encarnada en las leyes y el Estado no deja al individuo la tarea (para Kant: fundamento y condición de posibilidad sin los cuales no hay auténtica libertad) de determinar y concretar por sí mismo la fórmula abierta del imperativo categórico, y aún menos reservarse la adquiescencia en función de su personal conciencia moral.

Para Hegel la libertad positiva es la unión que concilia lo genérico, común, universal y divino (que tienen siempre la última palabra) y la subjetividad particular finita. Concilia el principio de la libertad sustancial, que es la razón existente en sí y desplegada en el Estado, y el principio de la libertad subjetiva. La libertad positiva y efectiva hegeliana es la libertad hecha hábito y costumbre (por eso la incluye en la «eticidad», de ethos «costumbre», y no en la «moralidad» de tipo kantiano). Supone el perfecto respeto, adecuación y obediencia de los individuos a las leyes objetivas. Incluso no parece preocupar a Hegel algo que Kant denunciaría radicalmente como «anulación» de la libertad: si l'obediencia de los sujetos humanos a les leyes o al Estado devine inmediata, inconsciente y como naturalizada.

## El Estado, las Constituciones y la Historia

Hemos destacado que en toda la filosofía de Hegel, incluso en su concepción más profunda, hay siempre y como algo esencial el problema político. Hegel concibe siempre la filosofía como la clave para reconciliar individuo con el mundo y ello incluye el mundo político; lo particular con lo general, que incluye la relación político-social entre ambos; la conciencia singular con la verdad, que incluye como esta última remite a la totalidad y como aquella está constituida y tiene que reconocerse en tal totalidad; incluso el arte y la religión muestran para Hegel inmediatamente su papel y funcionalidad política; la filosofía de la historia hegeliana —como hemos visto— está pensada desde la libertad y el Estado; etc.

Ahora bien, además de ser quizás la componente más básica y permanente de su pensamiento, Hegel también analiza de manera más concreta el hecho político en sí mismo, los distintos tipos de Estado y su evolución a lo largo de la historia. En el apartado que ahora iniciamos nos centraremos en alguno de estos análisis más concretos. Veremos que, también en contra del tópico de su abstracción, idealidad e inconcreción, Hegel hace detallados análisis específicos, considerando y valorando significativos datos empíricos.

Así la tesis hegeliana, tan famosa como criticada y mal entendida, de que el Estado es la realización efectiva de la libertad, se ha de entender también como una consecuencia de un proyecto realista que se propone analizar la estatalidad y la libertad exclusivamente a partir de los datos histórico-empíricos, evitando toda deriva idealizadora. Pues Hegel no quiere hablar de lo que pueden ser o desearía que fueran la libertad y el Estado, sino de lo que efectivamente son. Además matizando su decisiva evolución a lo largo de la historia humana, pues para Hegel no hay una esencia preexistente de ellos que se pueda explicitar con independencia de su manifestación efectiva a lo largo de la historia.

Para Hegel es tan imposible el análisis dogmático a priori —por «racionalista» que fuera— que denunció Kant, pero además considera que el método trascendental kantiano debe ser complementado, contrastado y profundizado dialécticamente atendiendo a lo histórico-efectivo. Por tanto Hegel inicia la complementación del análisis trascendental con el análisis fenomenológico. En todo momento evita escindir Hegel lo trascendental a priori de lo empírico a posteriori (como hace siempre Kant) y, como corresponde a su método dialéctico, busca la síntesis de ambos que a ambos supera. Por tanto no escindamos la teoría hegeliana sobre el Estado y los distintos tipos de constituciones del análisis histórico-empírico y de la evolución humana.

Como hemos visto, para Hegel hablar de la libertad efectivamente existente en la vida de los pueblos, comporta analizar las instituciones que estos se han dado y que expresan tanto su sentir sobre la libertad como los límites objetivos que le fijan. Para Hegel es pensamiento representativo intentar definir la libertad en abstracto y solo atendiendo a la forma como afirmaba que hacía Kant; mientras que la auténtica especulación dialéctica aparece cuando se piensan —eso sí: desde el todo— los datos concretos y empíricos.

## El Estado como totalidad y como individuo

Hegel considera la historia universal como el imprescindible ámbito donde se supera la particularidad nacional de los diversos Estados y éstos son sometidos al poder de la sustancia que es sujeto, al espíritu universal. Ciertamente, cada Estado es un todo ético y representa dentro de de su territorio la instancia universal. Sin embargo, el mismo Estado en relación con el resto de Estados se comporta como un individuo particular. La historia es, entonces, el juicio universal que instaura la universalidad y el beneficio de la totalidad (o la voluntad del espíritu) por encima de las pretensiones particulares de los Estados.

Considerado aisladamente el Estado es una totalidad orgánica de naturaleza ética (no natural como el reino animal) y está constituido por articulaciones y divisiones necesarias. Estas articulaciones son las diversas fuerzas particulares que colaboran libremente a configurarlo como un todo orgánico; por ello dice Hegel que el Estado resulta del sistema de las diversas ocupaciones [Beschäftigungen]. En el Estado como unidad de la totalidad ética convergen las distintas particularidades sociales que son las que. Por otra parte, dan existencia a la universalidad; si bien también son superadas por el punto de vista general o universal que —para Hegel— el Estado y sus funcionarios representan.

El Estado es un todo, el punto de vista de la universalidad y un sistema de universalidades inferiores, particulares e independientes que, por su actividad libre, lo mantienen vivo. No es extraño pues que, según Hegel, el Estado nazca tan solo cuando la sociedad ha adquirido una cierta complejidad, cuando hay lo que hoy llamamos «diferenciación del trabajo social» y un mínimo sistema civil. Ahora bien, pese a ello, el Estado tampoco es una mera yuxtaposición de individuos, estamentos, clases, instituciones y particularidades. Para el siempre holista Hegel es, sobretodo, un organismo único, una única realidad efectiva y un todo único que realiza un tipo muy concreto de libertad. Para Hegel, con el Estado nace un todo sustancial que reconcilia a los individuos y a los diversos estamentos en un único todo.

Para comprender, pues, que el Estado es «la totalidad ética y la realidad de la libertad», hace falta partir de la idea que el Estado es la existencia objetiva de la unión entre el vértice objetivo, el fin absoluto o la universalidad y el vértice subjetivo e individual. Solo en el Estado se produce la unión entre el saber y querer de los individuos y, por lo tanto, la libertad como fin absoluto. Para que los individuos particulares sean portadores verdaderos y se reconcilien con la libertad absoluta hace falta que se hayan educado, lo cual significa en términos de Hegel (y tantos otros como Turgot) que hacer aquello justo se haya convertido para ellos en costumbre y hábito (Sitten). Se necesita que el Estado tenga una organización racional que se exprese en la forma del derecho y en leyes universales, puesto que es esta organización racional la que hace que la voluntad de los individuos sea una voluntad realmente legítima. Hegel afirma que necesariamente el pueblo «debe conocer lo universal sobre lo que descansa su eticidad y donde el elemento particular desaparece». Y tal conocimiento proviene también —dice Hegel— de la religión, la ley y el derecho, porque «solo así se instala en la unidad de su subjetividad con la universalidad de la suya objetividad».

Solo a partir de lo dicho podemos entender el papel esencial que para Hegel juega el Estado y, por lo tanto, podemos encontrar una salida a las críticas que de Kierkegaard y Schopenhauer llegan hasta Rosenweig, Haym y más allá. Coinciden en apuntar que Hegel ha «divinizado» y «absolutizado» el Estado; haciendo de él un todo que tiene características de sujeto —propiamente el verdadero sujeto único por encima de todos los ciudadanos— y concluyendo en una perspectiva claramente totalitaria. Como bastantes filósofos modernos, Hegel cree que el Estado es el único medio históricamente disponible para garantizar la universalidad, la justicia y, en último término, la libertad individual de cada ciudadano. Es por la vía de la constitución estatal que —piensa Hegel— los pueblos dejan finalmente la barbarie y la libertad abstracta para dar auténtico contenido objetivo, real y concreto a la libertad. Por este motivo, tan solo en el Estado y por su medio puede tener el hombre una existencia plenamente de acuerdo con la razón. Entonces, Hegel considera que su particularidad obedecerá lo común, universal y racional, puesto que la voluntad subjetiva se verá obligada a renunciar a su particularidad y a educar se.

No hay que olvidar que, para Hegel, toda educación va dirigida en primer lugar al dominio de la animalidad y la particularidad humanas, y a aprender a guiarse por lo universal y racional. La educación debe capacitar al individuo para reconocer lo sustancial y absoluto, e inspirarse en ello para guiar sus actos. Ahora bien, Hegel considera que el Estado vive en los individuos como una simbiosis ética que define un orden universal, a la vez en y por encima de los individuos. Para Hegel, el Estado es la idea o la «vida espiritual universal» y los individuos o los estamentos están siempre enclavados dentro de esta vida.

El Estado es, por lo tanto y para Hegel, un individuo genérico u organismo universal que contiene como miembros a otras universalidades inferiores, las cuales son particularidades respeto a él. El Estado las unifica, pues es su unidad y fin último, y por lo tanto las supera. Pese a esto, el Estado no es nada aparte de aquellas particularidades o más allá de sus ciudadanos. El Estado es el pueblo y el conjunto de los ciudadanos en la medida que se han estructurado a sí mismos y forman un todo orgánico, superior a cualquiera de ellos.

Así considerado, un Estado es un todo pero, como hemos visto, también puede ser considerado en relación al resto de Estados como un individuo. De este modo los Estados son, por un lado, un todo ante sus ciudadanos y estamentos y un individuo ante los otros Estados, la historia y el espíritu universal. Dentro de la historia de la humanidad, cada Estado es un individuo espiritual que refleja el espíritu de su pueblo y realiza su principio específico. La historia se erige —para Hegel— en el tribunal universal y racional que juzga los distintos Estados y pueblos, adjudicándoles su momento y papel dentro de ella. Por ello la hegeliana filosofía de la historia atiende a la evolución de los equilibrios interestatales y al destino particular de cada pueblo y Estado. Atiende a su origen, a como ejercen su peculiar papel en la evolución humana y, finalmente, a como son desplazados de éste por otro pueblo y Estado. Veamos pues, muy brevemente, como sitúa Hegel algunos de los Estados y tipos de constituciones más relevantes en la historia universal de la humanidad.

## Superación o enfrentamiento, Hegel y Marx

Ciertamente, Marx considera a menudo que su «sistema» (al menos su «economía política» a la que, como sabemos, pondrá el título de El capital) es la visión científica y omnicomprensiva de la realidad. Por eso considera que supera todas las ideologías (tanto la liberal o la economía política burguesa, como el «socialismo utópico» y romántico). En cierto sentido pues Marx es todavía hegeliano cuando piensa que su saber es, además, la verdad de los otras saberes o ideologías; en el sentido que pone de manifiesto por ejemplo que, cuando la burguesía cree descobrir la «esencia» de la propiedad o de la libertad (como un derecho inalienable y natural del hombre...), en realidad no hace sino explicitar una exigencia básica del modo de producción capitalista y de la ideología burgesa. Por tanto, Marx superaría e integraría como momentos parciales las ideologías y los plantemientos anteriores y «no científicos»; así coincidiría con Hegel cuando afirma que su «sistema» incorpora y supera la verdad de los sistemas de por ejemplo Parménides, Heráclito, Platón, Aristóteles, Spinoza o Leibniz.

No obstante ese paralelismo desaparece o se relativiza radicalmente cuando atendemos a otra perspectiva paralela de Marx. En una fructífera contradicción con la perspectiva anterior, Marx también valora su pensamiento y por extensión el de los proletarios no alienados como una ideología frente a otras. Es decir lo considera una perspectiva determinada, necesariamente parcial y enfrentada a otras ideologías parciales, con las que no se puede integrar sino solo combatir. Aquí se rompe el paralelismo con el optimismo (además menos beligerante) de Hegel, pues Marx cree que puede desenmascarar la verdad de todas las ideologías y modos de producción anteriores, pero difícilmente integrarlos como momento propios de su propio sistema. Por lo tanto Marx aboca a una filosofía y una praxis de la confrontación política que no Hegel.

## Crítica y condiciones de la democracia

Una de las teorías hegelianas que más malas interpretaciones ha provocado: la concepción y críticas hegelianas a la democracia. Hegel no niega los principios básicos del ideal democrático si bien cuestiona la realización efectiva que se les suele dar. Para Hegel la democracia es un ideal bello, abstracto, puro e incuestionable como tal, pero que por su misma pureza y abstracción suele fallar en el momento de su concreción y realización efectiva.

La democracia o el liberalismo ya son para Hegel la afirmación de la universalidad, pero todavía en sí, de forma meramente abstracta y planteada en el entendimiento representativo (que separa y mantiene escindidas a las distintas particularidades) y no en la razón especulativa. Por ello esa universalidad no mediatizada no integra y supera a los otros momentos diferenciados. Es pues —para Hegel— una unidad que se queda en la mera postulación abstracta, en una afirmación ideal que no contiene en sí las condiciones concretas de su realización efectiva. Por su abstracción y dificultad intrínseca de realización, la democracia —piensa Hegel— es de hecho una constitución muy rara en la historia universal. Según Hegel, solo se ha realizado en aquel afortunado instante ateniense y además durante un período muy breve pues dependía —como todo el mundo griego— de un inestable equilibrio.

En función del grado de abstracción e idealidad alcanzado por la democracia, Hegel distingue y contrapone la democracia ateniense y los intentos durante la Revolución francesa, que considera más radicales, pero también más abstractos y meramente formales. La diferencia clave es que en Grecia «los ciudadanos no tienen todavía conciencia de la particularidad ni, por lo tanto, del mal». Es decir en el mundo griego la particularidad y la subjetividad no están todavía escindidas de la universalidad e, incluso, guardan con ella un equilibrio espontáneo tan «afortunado» como inestable y condenado a romperse con prontitud. Evidentemente, en la edad moderna ese equilibrio espontáneo se ha perdido totalmente, pues la subjetividad, la individualidad y lo particular se han desarrollado a expensas de la universalidad y, por tanto, es necesaria una difícil, esforzada, reflexiva y traumática reconquista de ese equilibrio.

En la modernidad, recuerda Hegel, la voluntad se habría recluido dentro de la individualidad y la conciencia moral interior, en clara escisión y oposición a lo general. Hegel denuncia este hecho y se propone superarlo, poniendo de manifiesto que no es, en absoluto, un liberal puro. En una sociedad donde la subjetividad se ha desarrollado hasta oponerse a lo sustancial y común como considera Hegel que era el caso de su época, su modelo de democracia es una mera abstracción ideal totalmente irrealizable.

La democracia es, para Hegel, un tipo de constitución solo posible bajo unas ciertas condiciones exteriores e interiores, algunas meramente empíricas y otras que dependen directamente de la lógica o momento alcanzado en su desarrollo por el espíritu universal. Hegel señala básicamente dos condiciones: la primera es la proximidad e implicación constante de los ciudadanos en las tareas públicas, lo cual obliga a que su número no sea excesivo. La segunda gran condición es que los individuos se sientan impulsados en última instancia a abnegarse en el interés general, en lo universal.

Coincidiendo con la apreciación de Rousseau y de los griegos, la democracia es para Hegel solo aplicable a pequeños Estados, donde todos los ciudadanos participen en las deliberaciones y lleven a cabo personalmente las tareas administrativas. Para que se de la perfecta armonía entre percepción subjetiva y necesidad colectiva, según Hegel, los ciudadanos tienen que estar presentes continuamente al menos en las deliberaciones importantes, participando en ellas en cuerpo y alma. Hegel piensa que por eso la elocuencia es tan importante en democracia, pues debe despertar las conciencias individuales e implicarlas en la tarea político-colectiva (como sucedía en Atenas). En la democracia las decisiones se deben tomar por convicción y consenso de todos los ciudadanos, que es algo muy diferente de lo que sucede en las actuales democracias «parlamentarias» donde éstos delegan en representantes permanentes y, lo que es peor para Hegel, en el juego de partidos y mayorías-minorías. Hegel destaca la importancia de el contacto personal directo de toda la ciudadanía en la asamblea pública pues «la evidencia, que ha de llegar a todos, debe producir se inflamando los individuos por la vía del discurso».

A pesar de la concentración de los grandes hechos revolucionarios en las calles de París e, incluso aún más, en las gradas de las distintas «convenciones» donde —presuntamente— se reunía «la Nación», para Hegel la implicación directa de la ciudadanía en el gobierno democrático falló absolutamente en un país tan extenso y poblado como Francia. El sistema de votos usado, es para Hegel un procedimiento sin vida, abstracto y que no representa realmente a la ciudadanía, que permanece ajena, sino a los distintos partidos, cenáculos o «clubs» políticos. Hegel afirma rotundamente que «por eso en la Revolución Francesa la constitución republicana no se realizó nunca como una democracia y, la tiranía del despotismo levantaron su voz bajo la máscara de la libertad y la igualdad. La constitución democrática de Robespierre no se pudo realizar nunca».

Como vemos, Hegel no se aleja demasiado de Rousseau cuando hace el elogio de la República ginebrina y no acepta el tipo liberal de democracia electoral y representativa. La democracia es solo posible con y por la vía de la presencia constante de los ciudadanos, que vigilan así el bien público como si fuera su beneficio particular y evitan que nadie pueda patrimonializarlo o secuestrarlo en su beneficio privado. El principio representativo (y aún más si es a través de partidos fuerte e internamente estructurados) que deviene prácticamente inevitable cuando el cuerpo social es muy numeroso y/o extenso, rompe con toda posibilidad de participación directa de los ciudadanos en el gobierno público, e incluso impiden la identificación entre particularidad y universalidad.

Hegel asume la muy extendida idea de que la democracia tiene un límite cuantitativo y solo es posible en un país pequeño, donde todos los ciudadanos se conozcan y —además— puedan dedicar toda su vida a los asuntos públicos. Esta última condición remite a una muy desagradable circunstancia: en Grecia la democracia solo fue posible solo gracias a la esclavitud. Es decir y es un hecho que hay que reconocer en justicia, la democracia griega dependió del trabajo y esfuerzos de una enorme masa de habitantes que, además, estaban totalmente excluidos de la ciudadanía: en primer lugar los esclavos, pero también las mujeres, los extranjeros (un tema hoy muy importante dada la actual globalización y emigración) e, incluso, otros «atenienses» sin derechos ciudadanos.

Gracias a la esclavitud pero también de lo que hoy llamaríamos diferencias de género y de clase, en todas las polis griegas la democracia era únicamente para los ciudadanos libres. Solo ellos y gracias al trabajo de los excluidos se podían ocupar y preocupar prácticamente en exclusividad de las tareas políticas. Sin ninguna duda en las sociedades donde no hay esclavos y además las mujeres y todos los mayores de edad han accedido a la ciudadanía, los ciudadanos también se han de ocupar de las tareas productivas y se presencia constante en la administración y la vida política se hace muy difícil. Por mucho que haya una delegación de la representación política, si el ciudadano vive lejos y distanciado del centro de vida estatal, para Hegel es inevitable que —por la misma dinámica de esa organización— la democracia degenere en una monarquía o una aristocracia, o lo que es aún peor en una oligarquía o una tiranía ya sea despótica, ya sea demagógica (algo parecido a los «populismos» actuales).

A las mencionadas condiciones de dedicación, proximidad y conocimiento del ciudadano de las tareas y decisiones políticas, hay que añadir otras condiciones «lógicas» todavía más restrictivas. Aun cuando sea posible que el ciudadano tome parte en la vida pública como si de su vida e interés personales se tratara, se necesita además que tome parte en las actividades públicas atendiendo al beneficio conjunto y del suyo particular. Los ciudadanos tienen que ponerse al servicio de la universalidad, en tanto que —como dice Hegel— «su voluntad sea la absoluta voluntad objetiva, indivisa, la unidad simple de la voluntad sustancial. Ésta es la verdadera situación de la constitución democrática; su justificación y absoluta necesidad descansa en esa eticidad objetiva todavía inmanente. Esta justificación no existe en las modernas representaciones de la democracia». Una vez más, vemos que Hegel insiste que solo la «afortunada» democracia griega se daba adecuadamente la identidad entre voluntad general y voluntad de todos, identidad que en la modernidad sería más una quimera o un sueño que no una realidad efectiva. Para Hegel la más decisiva condición de posibilidad de una democracia es que «solo porque todos los individuos viven en este espíritu objetivo, tienen todos autoridad en el Estado, el derecho a deliberar sobre él y el deber de morir para él». La democracia solo se puede dar y pedir con razón en una situación de este tipo.

### La filosofía del derecho

*Principios de la filosofía del derecho o derecho natural y ciencia política* es el título completo y muy poco usado de lo que normalmente se llama «la filosofía del derecho de Hegel» publicada en 1821. Sin duda se trata de su obra más leída, comentada y mejor comprendida, pues —como hemos visto— está claramente inscrita en los debates políticos y sociales de su tiempo, pero también continuará siendo polémica más allá por ejemplo a través de la influencia que tuvo en los marxistas. En nuestra selección de textos hemos incluido el prefacio con la bella y famosa metáfora de la filosofía como «la lechuza de Minerva» que solo es capaz de levantar su vuelo —especulativo, rigurosamente conceptual y científicamente explicativo— cuando los fenómenos y hechos analizados han iniciado su «crepúsculo». En este punto el «idealista» y «metafísico» Hegel se mostraría más humilde y reconocería la limitación de la filosofía que no, por ejemplo, el «materialista» y «revolucionario» Marx.

De acuerdo con la monótona dialéctica que Hegel prodigó en su etapa madura, el libro está dividido en tres partes. La primera es dedicada al «derecho abstracto» que para Hegel contempla la definición y análisis de la «propiedad», del «contrato» y de la «injusticia». La segunda parte estudia la «moralidad» (en alemán «Moralität») entendida como subjetiva, personal y de conciencia moral privada. Por eso Hegel analiza dentro de la «moralidad» las tres cuestiones del «propósito y la responsabilidad», de la «intención y el bienestar» y del «bien y la conciencia moral». La tercera más amplia y culminante parte está dedicada a la «eticidad» (en alemán «Sittlichkeit») que analiza estructuras mucho más dependientes de un ethos colectivo y ya institucionalizadas formalmente. Así analiza en primer lugar la «familia» atendiendo al «matrimonio», «el patrimonio familiar» y la «educación de los hijos y la disolución de la familia». La segunda parte desarrollada aún más detalladamente atiende a la «sociedad civil» que engloba el «sistema de las necesidades», la «administración de justicia» y el «poder de policía y corporación».

Finalmente la última parte de la «eticidad» es el «Estado» donde analiza el «derecho político interno» con los tres poderes ejecutivo, legislativo y judicial, y el «derecho político externo». Y algo muy específico de Hegel, termina con un tercer momento, que enlaza el «espíritu objetivo» con el «absoluto», que es la «historia universal». Eso es debido a que Hegel, desconfía de esperanzas kantianas sobre una sociedad de naciones que legisle y garantice le ley internacional, y por ello considera que el «juicio universal» a los Estados y sus políticas solo puede surgir del veredicto de la historia. Evidentemente con ello

Hegel alimenta las críticas que se le dirigen de limitarse a defender el status quo existente y divinizar al Estado, sin ponerle ninguna cortapisa.

### Crítica a la democracia, al liberalismo y la revolución francesa

Como hemos visto, Hegel afirma que la posibilidad o no de una democracia depende de los individuos o, al menos, de la relación con lo universal colectivo, depende de que los ciudadanos tengan como su voluntad a la voluntad objetiva. Pero Hegel considera también que el fracaso de las democracias modernas se produce porque la subjetividad moderna ha perdido ya totalmente aquel Estado de inocencia que la hacía ser inmediatamente una con el todo (típico de Grecia). Paradójicamente, viene a pensar Hegel, los mismos liberales que tanto reclaman la democracia no se dan cuenta que es su mismo principio individual (basado en la individualidad y la subjetividad) el que impide que la democracia liberal sea factible. Hegel incluso desconfía del ideal de la unión o Vereinigung hölderliana, precisamente porque los hombres y ciudadanos modernos ya han perdido su capacidad inmediata de ser uno con el todo.

Hegel y otros muchos otros filósofos alemanes temen que el liberalismo moderno no hace sino incrementar la escisión del cuerpo social, cuestión que sintetizan bajo la fórmula la «nación dividida». Hölderlin, como ejemplo paradigmático, creía haber encontrado en la antigua Grecia su comunidad de amigos, de héroes unidos por el sentimiento en una tarea común altruista. Ciertamente en Grecia no había ninguna distinción entre el hombre, como ciudadano vinculado con el todo ético de su polis y como individuo particular que busca su beneficio privado como «burgués». Es por este motivo que Hölderlin (como antes Schiller) alaba los antiguos griegos a la vez que denigra los modernos alemanes, donde la condición de burgués tiende a predominar sobre la condición de ciudadanos y la búsqueda del beneficio común.

El individualismo y subjetivismo modernos son la causa última del fracaso de la democracia moderna y del liberalismo, puesto los hacen incapaces de realizar la unión entre universalidad y particularidad, o al menos de circunscribir el libro juego de los individuos en un ámbito legítimo y sin reducir la vida del Estado a ese juego. Hegel también destaca otra razón que justifica el fracaso de la Revolución francesa y en general de todas las revoluciones simplemente liberales. Si ya en su misma esencia la democracia es una constitución abstracta e ideal, el pensamiento liberal todavía acentual más su abstracción y carencia de concreción. Así la organización racional del Estado es desmantelada por el liberalismo —piensa Hegel— para facilitar el libre juego de la sociedad civil y dentro de ella el predominio de las relaciones entre particulares, meramente económicas y basadas en la propiedad. Además Hegel denuncia que, la aspiración al laissez faire típica del liberalismo, mina la confianza y obediencia del pueblo para con los funcionarios y las instituciones estatales.

Aunque Hegel acepta y considera como esenciales algunos de los principios básicos del liberalismo de su época, por ejemplo: el derecho y la justicia deben ser igualitarios, basados en la razón y no sin privilegios estamentales; el reconocimiento de la persona jurídica y de la igualdad ante la ley; la libertad individual y la libre disponibilidad de los propios bienes. También reclama Hegel la legitimidad de la búsqueda del beneficio particular, si bien reducida al ámbito de la sociedad civil que tiene una cierta independencia del Estado pero que, en última instancia, se le debe subordinar.

Estas ideas encajan perfectamente en el conservadurismo estatalista y «de orden» con un ligero baño liberal de Hegel que en algunos aspectos anticipa la evolución prusiana hacia Bismark y en otros se acerca al ideal jacobino de Robespierre. Ciertamente Hegel valora en grado sumo el orden social y lo ve dependiente sobre todo del liderazgo de un centro fuerte que debería ser también racional. Por ello no está demasiado lejos del elogio kantiano a Federico II el Grande, que ve en éste al monarca de un Estado (y un ejercito) tan poderoso que podía permitir a sus ciudadanos más libertad de pensamiento que otros Estados más democráticos, seguro de que pensaran lo que pensaran o dijeran lo que dijeran, en última instancia obedecerían. Marcado por el espíritu funcionarial prusiano, pero mucho más que Kant, Hegel basa su ideal estatal en el liderazgo racional de una clase de funcionarios al servicio de la universalidad y centralizada en la persona del monarca.

Otra persistente critica hegeliana tanto al liberalismo como a los revolucionarios franceses es que tendieran a llevar sus principios más allá del campo económico o político (el espíritu objetivo) para penetrar al terreno del espíritu absoluto y de las creencias más profundas del pueblo. Así la necesaria desacralización de la vida económica moderna y de la sociedad civil (que Hegel defiende), es llevada «fuera de madre» por los excesos «descristianizadores» de la Revolución francesa que negaban el papel especulativo y educador del pueblo de la religión. Es cierto, por un lado, que Hegel considera que la filosofía supera la religión, pero también es cierto que nunca niega la importancia histórica y especulativa de la religión. De hecho Hegel ve inevitable el fracaso del intento «descristianizador» francés y que interpreta el brote antirevolucionario de La Vendée en tal sentido.

Además, Hegel siempre relativiza la capacidad de la filosofía para conducir el pueblo y determinar la historia, que es una ingenua pretensión de los ilustrados y los revolucionarios franceses. La filosofía es —para Hegel— el saber absoluto y supremo, pero solo es plenamente accesible para una elite educada; mientras que la religión es un saber también absoluto pero, al ser todavía representativo, emotivo y sensible, resulta más accesible al conjunto del pueblo. Por eso ya en el *Systemprogramm* que Hegel redactó o copió en los últimos años del siglo XVIII reclama la necesidad de una razón mitológica y una religión racional. Conjuntamente con sus amigos Hölderlin y Schelling, Hegel pensaba entonces que el arte y la belleza podrían ser los grandes conductores y educadores de las masas, permitiendo aproximarlas a la elite de los sabios e ilustrados. Mas adelante, se convenció de que el luteranismo (con sus reformas del catolicismo) ya había llevado a cabo ese papel de religión racional que educa y dirige el pueblo, y que sin dejar de ser religión se reconcilia con la razón y el mundo ético. Siguiendo las doctrinas luteranas, Hegel interpreta que el voto de pobreza era más bien un rechazo al trabajo, el de castidad se oponía a constituir la propia familia e implicarse así más en la vida ciudadana, y el de obediencia representaba una peligrosa amenaza de oposición al Estado.

«Sin que no se altere la religión no puede triunfar una revolución política» afirma Hegel. En última instancia es infructuoso intentar el cambio en las constituciones políticas, sin atender al cambio paralelo del espíritu del pueblo, que es en definitiva quien había de aceptar aquel cambio político. Ahora bien el luterano Hegel tiene como modelo de reforma exitosa de los espíritus a la Reforma protestante. Por eso, analiza la derrota final de los revolucionarios franceses y de Napoleón, concluyendo que «es falso que se puedan romper las cadenas del derecho y la libertad sin la emancipación de la conciencia y que pueda haber una revolución sin reforma». Por el mismo razonamiento se concluye el también el fracaso de la revuelta de los campesinos de Münster en contra de los príncipes luteranos, pues querían anteponer la revolución terrenal a la previa reforma espiritual.

Los ilustrados franceses antireligiosos olvidaban —para Hegel— que «los principios de la razón de la realidad efectiva tienen su garantía última y suprema en la conciencia religiosa, en el subsumir bajo la conciencia la verdad absoluta». Para Hegel y Turgot, la religión viene a resolver el problema que Kant por ejemplo no podía solventar: ¿qué garantiza que los monarcas o los individuos que detenten el gobierno actúen justamente? La respuesta hegeliana y de Turgot va en el sentido que la única garantía es la religión, que es el «compromiso más elevado» y reside en la conciencia más íntima del monarca. La religión es el que más íntimamente y profundamente dirige los hombres. Por esto, las leyes por si solas «no podrían soportar la resistencia duradera, la contradicción y los atacas del espíritu religioso contra ellas aun cuando estuvieran apuntadas y extrínsecamente promulgadas. Por esto aunque su contenido fundido el más verdadero, estas leyes fracasarían en las conciencias, el espíritu de las cuales sería diverso del espíritu de las leyes y, entonces, este espíritu no las sancionaría».

Como vemos, también aquí y atendiendo a las ideas que mueven al pueblo, la filosofía está condenada, para Hegel, a ser la lechuza de Minerva y no poder levantar su vuelo hasta el atardecer. Es decir la filosofía es un saber que solo procede post factum, después de los hechos, sin poder predecirlos del todo ni intervenir muy eficazmente en su fragor. En cambio, la religión aun cuando inferior en su formulación conceptual y racional, resulta más eficaz e interviene decisivamente en los asuntos de la vida inmediata, dirigiendo las conciencias. La religión puede inspirar incluso a las mentes menos educadas del pueblo un esbozo del absoluto y señalarles donde está el espíritu universal. Por todo ello, Hegel considera condenado al fracaso el abstracto e ideal intento ilustrado de extirpar la religión del espíritu del pueblo. Entonces, el pueblo llano no puede comprender este radical ateísmo que choca con sus ideas y u conciencia más arraigada; y por eso se rebela.

Además Hegel considera que la libertad de conciencia y de fe religiosa es uno de los derechos básicos de todo ciudadano, contra el cual cierta modernidad ilustrada radical iría tan errónea como infructuosamente. Actuando así los «descristianizadores» franceses, a una parte esencial del espíritu absoluto, de hecho la más potente en el fragor de la lucha. Además, oponiéndose a la religión, renunciaban a su papel legitimador del Estado, como comprendió el propio Napoleón. Ampliaremos estas cuestiones en el apartado sobre la religión, porque ahora solo queremos destacar que oponiéndose a la religión y poniéndola por tanto en su contra, los revolucionarios franceses acentuaban todavía más la abstracción, idealidad e ineficacia de su proyecto. Contundentemente Hegel condena la «necia tentativa de nuestra época de inventar y realizar constituciones con independencia de la religión».

Ciertamente y vista la historia de los siglos XVIII y XIX, hay que reconocer que Hegel no carecía del todo de razón. La religión fue quizás la arma más importante antirevolucionaria y antiliberal. Para Hegel los países católicos que no habían sido reformados desde el luteranismo caían persistentemente en la «estupidez de los tiempos modernos pensar en transmutar un sistema de corrompida eticidad, su constitución política y legislación sin cambiar la religión, creer que pueden hacer una Revolución sin Reforma». Finalmente el Hegel maduro de Berlín, olvida su juvenil entusiasmo por la Revolución francesa así como el trauma alemán (pensar que los franceses hacían en la realidad lo que los alemanes tan solo podían pensar) y, a la vez que reivindica el papel histórico, educativo y político de la Reforma, termina considerando la Revolución francesa un intento fracasado de modernización por parte de los países que no tuvieron Reforma.

## Hegel o el pensamiento maduro de la Modernidad

En *El discurso filosófico de la modernidad*, Habermas argumenta que, si bien las características filosóficas básicas de la edad moderna se encuentran presentes en la línea que va de Descartes a Kant, únicamente con Hegel la modernidad ha logrado una conciencia histórico-filosófica madura de sí misma. Hegel, además de ser consciente de los profundos procesos modernos de ilustración y de subjetivación; también lo es de la modernidad misma como «cuestión», proyecto y problemática. Además corrige la ingénua concepción ilustrada de que la modernidad debería y podría liberarse totalmente de lo religioso, y que podría sustituir totalmente la capacidad unificadora de la religión por la de la razón. Hegel también concibe —según Habermas— que el punto de partida del sujeto no ha ofrecido un fundamento incontestado para la razón y la filosofía (equivalente al que ofreció la religión durante siglos); más bien ha acabado abocando a una incontestable escisión: «El descrédito de la religión conduce a una escisión entre fe y saber que el Iluminismo no puede superar con sus propias fuerzas».

## La relativización del ideal político griego

En su estancia en Frankfurt bajo la influencia de Hölderlin y su círculo, Hegel toma conciencia de la necesidad de superar la escisión entre el burgués y el ciudadano, y de recuperar por lo tanto aquel vínculo espontáneo y todavía «ingenuo» (en un sentido parecido a la «poesía ingenua» que fascinaba a Goethe) con la comunidad de que disfrutaban los griegos. Hegel mantendrá y profundizará esta idea en adelante, si bien acabará relativizando aquel ideal griego. Ciertamente, en Grecia no había escisión, no había mal, pero —insiste Hegel— no por una conquista, por el esfuerzo y por la libre voluntad de los individuos, sino simplemente por un afortunado y pasajero equilibrio entre la sujeción natural (típica de Oriente) y la interioridad reflexiva (todavía no plenamente desarrollada).

Es precisamente por ello que los griegos no han realizado ni hubieran podido realizar el reto que ahora se presenta a los pueblos cristiano-germánicos, pues ellos no pasaron por la negatividad del duro aprendizaje y simplemente tuvieron la fortuna de vivir al filo del cambio de dominio histórico entre la sujeción natural de Oriente y la subjetividad individual de Occidente. Pero no era un logro auténtico, era una circunstancial reconciliación inmediata, solo en sí y no para sí. Así describe Hegel la situación griega: «si el contenido universal y abstracto es efectivo sobre la voluntad de los individuos, entonces existe la eticidad, que es la unidad indivisa del contenido universal y de la voluntad individual. Este es el ya mencionado término medio entre la sujeción a la naturaleza y el conocimiento del bien y el mal, en base al cual la conciencia moral decide si quiere ser buena o mala. El ser ético no conoce este dualismo; no elige, es bueno en sí».

Por una parte, Hegel coincide con Hölderlin, en que los antiguos griegos han disfrutado de una libertad que los hizo divinos y compañeros de los dioses, una libertad de cada uno que a la vez era espontáneamente e inmediatamente de todos y «La Libertad Universal». Además no necesitaban del esfuerzo ni de la reflexión que se opone al ideal, y el sacrificio para con la polis y lo universal era algo automático para esos griegos antiguos cuando se hacía necesario. Ahora bien, Hegel se distancia de Hölderlin al negarse a considerar deseable el retorno a ese «afortunado» estadio (no lo niega nunca, Hegel), que es medio natural, medio espiritual y carece del conocimiento de la negatividad. Para Hegel ese regreso es imposible e insuficiente, pues la auténtica reconciliación debe alcanzarse a partir de la superación de la negatividad y de toda sujeción natural. La eticidad por la que luchará Hegel tiene de armonizar sin negar, tiene que «superar y reconciliar» la subjetividad y la particularidad del burgués liberal moderno con el respeto por el bien público y la universalidad del ciudadano «griego».

Ciertamente, los griegos han gozado de esa libertad que sedujo a Hölderlin y que se reivindica cuando se dice que el sistema de Hegel es la tumba de la libertad, pero a la cual el Hegel ya maduro relativiza más que niega. Hegel no se opone nunca al ideal de Vereinigung o unión democrática totalmente gratuita y espontánea (que fascinaba a Hölderlin), simplemente deja de considerarlo como lo superior y absoluto, y lo considera algo ya perdido por siempre jamás. Hegel piensa que la reconciliación en el espíritu objetivo, el Estado y la libertad al que debe aspirar su época es muy distinta de aquel primer momento afortunado. Deja, por lo tanto, de añorar el pasado griego y proyecta todos sus esfuerzos en concebir una nueva y superior reconciliación.

Ahora bien, Hegel nunca lleva su crítica a la eticidad democrática griega hasta el punto de oponerse radicalmente a ella. Simplemente destaca las causas de su limitación, sobre todo la subjetividad que, al ser todavía natural, no había sido capaz de dirigirse reflexivamente y desde la plena conciencia individual de si a lo ético universal. Ciertamente acepta Hegel, la eticidad griega era aparentemente perfecta, exteriormente no se la podría distinguir de la eticidad auténticamente libre; pero, cuando se considera el tipo de subjetividad que había en la Grecia clásica es evidente que todavía no era libre, sino natural e inmediatamente determinada en su acción. La incipiente subjetividad griega realizaba lo universal, pero no lo hacía desde un saberse reflexivamente reconciliada con lo universal; en otras palabras: hacía el bien pero no porque fuera el bien, sino porque era incapaz de mal e, incluso, porque no podía hacer otra cosa. La fortuna de la juventud del espíritu que representan los antiguos griegos continúa funcionando para Hegel como el más fascinante modelo «artístico» de libertad. Ahora bien, para la consideración lógica y especulativamente filosófica revela los límites todavía naturales e inmediatos de aquella eticidad que, precisamente por su belleza, depende de un fondo natural y sensible.

## Crítica de la aristocracia y elogio de la monarquía

Sin duda hay un cierto principio «aristocrático» (según el sentido etimológico de «gobierno de los mejores») en la concepción hegeliana del Estado burocrático y racional. Pues Hegel piensa que los «mejores» deben ser los servidores racionales o funcionarios del Estado ya que serán los únicos capaces de desgajarse de sus intereses particulares, para administrar y canalizar los intereses «universales» del pueblo, sin que sea necesario que éste intervenga directamente en la vida política y en la administración.

Ahora bien, dicho esto y atendiendo a la formulación estricta de constitución aristocrática, hay que decir que para Hegel ésta es claramente la peor. Lo que tradicionalmente se llama un sistema político aristocrático no es en absoluto —piensa Hegel— el gobierno racional de los mejores como apunta la etimología y filósofos como Aristóteles. Muy al contrario, es el gobierno de un estamento hereditario según la mera determinación natural de la sangre, el linaje y el nacimiento, que normalmente se limita a buscar exclusivamente su beneficio particular.

Así como Hegel critica la democracia sobre todo en su moderna forma liberal y relativiza la «afortunada» de los griegos antiguos, critica radicalmente la constitución aristocrática vinculándola sobretodo al mundo romano. El modelo de gobierno aristocrático es para Hegel el Imperio romano, en el que los patricios ponen a su servicio exclusivo el Estado y lo consideran como su propiedad particular. Hegel denuncia que las familias patricias no solo excluían a los plebeyos del gobierno, sino que, ni siquiera, intentaban gobernar en beneficio de la totalidad (la universalidad) y se limitaban a buscar su beneficio propio con menoscabo del pueblo.

Por su intrínseco egoísmo de los que se creen los «mejores» (os aristoi, en griego) o los descendientes de los «padres» del Estado (patricios), creen poder patrimonializar el Estado y nunca se ponen al servicio de lo universal. Es decir, juegan un papel exactamente inverso —piensa Hegel— a la clase universal y racional de los funcionarios que sirven el Estado por el Estado mismo (como sería idealmente el caso de los funcionarios prusianos). Hegel dice que, así como la democracia permite el desarrollo de la igualdad y de la vida concreta, y la monarquía permite el libre desarrollo legítimo de la particularidad, la aristocracia solo puede subsistir en base a la escisión del cuerpo social en dos y con el predominio de una parte sobre la otra. Por tanto para Hegel y en virtud de su propia esencia, la aristocracia consagra la desigualdad en la voluntad y en la propiedad, separa el cuerpo social en dos y acentúa el escisión entre particularidad y universalidad.

Si la aristocracia es para Hegel la peor constitución, la monarquía es la mejor. Ciertamente Hegel no piensa en la monarquía absoluta del antiguo régimen, aun cuando no duda en considerarla un progreso respecto del feudalismo. Tampoco tiene Hegel ningún inconveniente en alabar la monarquía patriarcal del imperio chino o el despotismo faraónico. En todos estos casos la monarquía es algo positivo para Hegel, puesto que constituye un centro fuerte que se opone a las particularidades. Quizás recordando tiempos no muy lejanos en Alemania, para Hegel, la monarquía siempre representa un freno para la opresión de la aristocracia y, por esto, el pueblo la suele acoger con satisfacción.

Consciente de la evolución de los aristócratas feudales y territoriales en cortesanos al servicio de la monarquía, Hegel destaca que l'aristocracia debe sufrir una transformación radical para ser útil en la tarea de constituir el Estado racional. A pesar de ser tan crítico con la práctica totalidad de las aristocracias, Hegel no renuncia al principio del «gobierno de los mejores» que considera esencial para un gobierno verdaderamente racional. Como hemos dicho, para Hegel el Estado racional será aquel que descanse de una manera directa sobre los mejores convertidos en la clase universal de los funcionarios al servicio del Estado y de la universalidad. Ahora bien, por las necesidades de la modernidad y del Estado, la aristocracia debe dejar de basarse en la sangre, el linaje, el nacimiento y un fatuo honor para pasar a basarse en el espíritu, la excelencia política y la capacidad de ponerse al servicio de la razón universal. Solo entonces la aristocracia no seria un estamento cerrado sino abierto efectivamente a los mejores y tomando «sobre si el saber y la acción de aquello en sí racional y universal», actuaría como el cemento unificador y el brazo ejecutor del Estado racional.

Al ponerse al servicio de la monarquía y el Estado, la aristocracia —piensa Hegel— está llamada suministrar los funcionarios, ministros y técnicos que harán de puente entre el pueblo y el monarca y su administración, al que apoyarán, aconsejarán y ayudarán a gobernar racionalmente. Para Hegel la nueva aristocracia, más bien convertida en burocracia que no en cortesanos, debía jugar una esencial mediación en el Estado racional; por una parte, debía ser justa y ecuánime para ganarse la confianza del pueblo y, por otra, ser fiel y eficaz para ganarse el favor del monarca.

A pesar de la importancia que otorga a una burocracia racional, con lo que se anticipa decisivamente a Max Weber, Hegel piensa todavía dentro de las coordenadas de Hobbes y constata la necesidad de un poder central, único y todopoderoso. Parece temer la fácil degradación del principio aristocrático pues, como dijo Aristóteles, tiende a convertirse en una oligarquía (gobierno de unos pocos, evidentemente no los «mejores»), a la que solo podrá regenerar la entronización con el apoyo del pueblo de un monarca (en Grecia un «tirano»).

Como vemos y contrariamente a la democracia, para Hegel la monarquía tiene la virtud de respetar la universalidad, sin que por esto la totalidad de los ciudadanos se dediquen intensivamente a los asuntos públicos, y sin la correlativa distinción entre ciudadanos y no ciudadanos —esclavos, mujeres, extranjeros... La monarquía impone una voluntad única a todo el cuerpo social, evitando la tendencia democrática a escindir el cuerpo social en distintos bandos, sin que esa unidad se haya de conseguir forzosamente por el debate público y gracias a la elocuencia. Además, en virtud de su legitimación en gran parte ganada sometiendo la aristocracia y los oligarcas, Hegel piensa que la monarquía no necesita de la demagogia y puede imponer al pueblo las necesarias y esforzadas tareas que hagan falta.

Con la monarquía, considera Hegel que el cuerpo social tiene una voluntad y decisión superior y única, puesto que el monarca deviene el centro que vertebra todo el cuerpo social, caer en el despotismo de un individuo único y particular como en los imperios orientales. Además, por su naturaleza la monarquía facilita la distinción clara entre Estado y sociedad civil, facilitando que se desarrollen autónomamente (pero sin desgajar el todo social) la totalidad de las esferas éticas, y respeta a cada una de ellas su legitimidad e independencia. Más difícil pero igual de necesario, ve Hegel, que el monarca mismo se ponga también bajo el imperio de las leyes y las instituciones del Estado y que, incluso, delegue las tareas concretas del gobierno y la administración racionales y se limite a «reinar». Por eso, si se desarrolla plenamente un Estado monárquico que descanse en una burocracia racional, en el respeto a la ley y reconociendo la autonomía relativa de las esferas particulares, quedan pocas cosas dice Hegel «que queden reservadas a la exclusiva decisión del monarca».

Como hemos comentando el elogio kantiano de Federico II, Hegel piensa que solo dentro de un Estado monárquico poderoso y sólido es posible garantizar verdaderamente la libertad de las personas, así como su vida particular dentro de la sociedad civil. Para que «la obediencia al orden temporal deba ser compatible con el fin subjetivo individual; y el interés privado logre su satisfacción» afirma Hegel, hace falta que el derecho y el Estado sean justos e independientes de los intereses privados, pero también que el Estado sea «fuerte», «una esfera de real necesidad exterior» y «una naturaleza firme que se ponga delante de la conciencia». Solo entonces, el Estado puede dejar desarrollar por sí mismos la sociedad civil, los ciudadanos y todas las instancias autónomas.

Solo entonces el Estado puede reconocer la esfera autónoma de la sociedad civil y la búsqueda legítima en su interior del beneficio particular de los individuos, haciendo se compatibles la libertad de los individuos y la obediencia última a lo universal. Ésta es la virtud de la monarquía: facilitar el desarrollar autónomo de las esferas particulares y dejar libertad a los individuos, precisamente porque se dispone de un centro firme, suficientemente poderoso, al servicio racional de la totalidad.

Vemos, pues, que cuando se acusa Hegel de estatalista totalitario, más bien se piensa en un despotismo como el oriental o el Imperio romana, que está fácticamente escindido, presidido por la violencia [Gewalt] y que pone unas particularidades (por ejemplo los patricios) por encima de la universalidad. En cambio Hegel más bien piensa en un Estado, sin duda unido y presidido por el poder [Macht] del monarca, pero al servicio de la universalidad y reconociendo y reconciliando todas las particularidades e individuos.

Aunque con matices, Hegel acepta la división de poderes de Montesquiu, puesto que para él el Estado se divide también en el poder legislativo «poder de determinar y establecer lo universal»; el poder «gubernativo» o judicial que se ocupa de la «subsunción de las esferas particulares y los casos individuales bajo la universalidad», es decir: dictaminar sobre los casos concretos e individuales en función de las leyes universales; y el poder ejecutivo del monarca «la subjetividad como decisión última de la voluntad». Se trata pues de una cierta evolución, a veces con acentos cesaristas que recuerdan la devoción hegeliana por Napoleón y anticipándose al modelo impuesto por Bismarck, pues Hegel porque pone como condición esencial la culminación de todo el cuerpo estatal en una única persona. A diferencia de Hobbes que apunta sutilmente que el soberano podría ser también una asamblea o una institución compuesta por más de una persona, Hegel reclama esa culminación unipersonal como garantía última de la unidad de todo el cuerpo social, de su acción conjunta y en una única dirección clara.

Como vemos, el Estado racional hegeliano por mucho que partía de una constitución monárquica no implicaba para Hegel la negación del resto de constituciones, con sus ventajas específicas; puesto que de alguna manera las asumía, unificaba y superaba. Por eso, Hegel considera «ociosa» e intrascendente la cuestión de que constitución es la mejor, y afirma que «solo se puede decir, que son unilaterales las formas de todas las constituciones políticas, que no pueden soportar en ellas el principio de la libre subjetividad y no saben satisfacer a una razón cultivada». Podríamos decir que Hegel piensa en una integración en la monarquía constitucional de las ventajas de las diversas constituciones: el poder legislativo debería disfrutar de las ventajas de la democracia aunque fuera representativa, el poder judicial y gubernativo las ventajas de la auténtica aristocracia interpretada como burocracia racional, mientras que el monarca garantizaría la decisión última y única, el poder ejecutivo.

En su concepción del Estado racional, Hegel adopta una postura muy característica muy determinada por las coordenadas políticas de su época, aunque —como hemos visto— también se proyecta más allá. Por una parte, Hegel muestra una importante influencia del pensamiento liberal, pero a la vez parece coquetear con planteamientos estatalistas vinculados con el antiguo régimen, las monarquías absolutistas o al menos el llamado «despotismo ilustrado» (significativamente caracterizado por el lema «todo para el pueblo, pero sin el pueblo»). El pensamiento hegeliano está enclavado, pues, dentro de su tiempo pero también apunta planteamientos que se adelantan a la concepción por ejemplo del posterior «Estado del bienestar».

## La religión y la filosofía

Todos los estudiosos de Hegel han destacado la relación estrecha que el pensamiento hegeliano mantiene con la religión, ya sea desde interpretaciones explícitamente «cristianas» como H. Niel o consideradas «ateas» como la de Kojéve. Hans Küng ha llegado a sugerir que Hegel fracasa en el momento de plantear una postura filosóficamente autónoma de la religión y, ciertamente, incluso en sus análisis históricos y políticos Hegel destaca el papel importantísimo que la religión juega a su juicio. Por otra parte, la diversa interpretación de la relación de la doctrina del maestro con respecto a la religión cristiana (además de la política) fue motivo de la escisión de los discípulos. Las distintas clasificaciones entre hegelianos de derecha, centro e izquierda (por ejemplo las de Löwith o Serreau) suelen basar se en las posturas respeto a la religión.

No podemos ser exhaustivos en este tema inagotable, solo destacaremos la importancia de la religión en la historia, la política y la vida cotidiana de la humanidad. La religión es el elemento clave, según Hegel, para establecer el momento en el desarrollo histórico de la humanidad alcanzado en cada momento y muestra, «incluso en las religiones más rudimentarias, la forma de espiritualidad que contiene». A pesar que Hegel considera que la filosofía supera a la religión (es decir la integra formulándola de forma conceptual más adecuada), siempre reconoce que, para el pueblo llano no educado, la religión asume la tarea primordial de ser la manifestación del espíritu. Por ello, en la historia humana tal y como la piensa Hegel, de los tres momentos del espíritu absoluto (arte, religión y filosofía), el segundo es con diferencia el más presente y el que juega un papel más constante e importante

Ciertamente, por su concepto de «superación» (Aufhebung), Hegel nunca considera la religión como contraria ni opuesta a la filosofía; muy al contrario, recuerda siempre que tienen el mismo contenido especulativo. Dice al inicio de la Enciclopedia: «la filosofía tiene, ciertamente y en primer lugar, sus objetos en común con la religión. Las dos tienen la verdad por su objeto y ciertamente en el sentido más elevado, en que Dios es la verdad y solo él es la verdad. Las dos tratan también del campo de lo finito, de la naturaleza y de el espíritu humano, de su relación mutua y con Dios, como con su verdad». Por ello Hegel no dura en afirmar que, su tesis que la razón o el espíritu universal gobiernan el mundo, puede enunciarse de manera religiosa diciendo que la providencia divina gobierna el mundo.

Con tales formulaciones Hegel chocaba tanto con los filósofos que negaban todo valor a la religión pero también contra aquellos que defendían la autonomía plena de ésta y no querían subordinarla en ningún grado a la filosofía. Por eso Hegel dice con cierta ironía que «en nuestros días se ha llegado a que la filosofía debe defender el contenido religioso contra una cierto tipo de teología». Hegel está pensando, evidentemente, en Jacobi, Schleiermacher y en la tradición pietista que querían reducir la religión a una fe no racional, a una intuición informulable o a un sentimiento que repelía la razón.

Por contra Hegel tiene una concepción mucho más próxima a ilustrados como Lessing o Turgot que valoran el papel educativo de la religión en la historia, por mucho que acepten que había llegado ya el momento en que la filosofía finalmente superase a la religión. Pues en definitiva, dice Hegel: «el asunto de la historia es que la religión aparezca como razón humana, que el principio religioso (que habita en el hombre) sea realizado también como libertad temporal. Así queda suprimida la división entre el interior del corazón y la existencia». Así como buen luterano, Hegel afirma que la Biblia es «un libro fundamental para la instrucción del pueblo» y ve en la traducción, que de ella hizo Lutero, el «libro nacional» de Alemania.

## La religión dirige mejor al pueblo no educado que la filosofía

A pesar de la profunda coincidencia de sus contenidos, filosofía y religión se diferencian sobretodo en que esta última habitualmente usa expresiones sentimentales y representativas, mientras que la «filosofía formula con mayor rigor conceptual y «pone pensamientos, categorías o, más exactamente, conceptos en el lugar de las representaciones». Ahora bien, esto no es óbice para que —precisamente por ello— la religión tenga mayor capacidad de movilizar las conciencias e impulsar a la acción a los no educados. La religión usa un lenguaje mucho más inteligible para los iletrados que no la filosofía, por eso el pueblo la ha escuchado y seguido ya en etapas muy atrasadas.

Ello es debido, en primer lugar, a que la religión se anticipa a la filosofía en revelar lo absoluto, lo divino, el espíritu universal. Pues, como dice Hegel:

«es necesario más bien que la conciencia de la idea absoluta sea primeramente captada, según el tiempo, bajo esa figura [del sentimiento, la intuición y la representación] y esté así en su realidad efectiva inmediata antes como religión que como filosofía». Hegel privilegia la religión porque «es la primera modalidad de la autoconciencia, la conciencia espiritual del espíritu mismo del pueblo, de lo universal, del espíritu en y para si existente según la determinación como se da en el espíritu de un pueblo, la conciencia de la verdad en su determinación más pura y más completa. Lo que posteriormente está determinado como verdad, solo vale en la medida en que es adecuado con su principio en la religión. {...} La religión es el lugar donde el pueblo se da la definición de lo que tiene por verdadero».

Vemos pues que, en segundo lugar, que la religión es «la expresión más simple» del principio de un pueblo. Toda la compleja existencia de un pueblo se resume, pues para Hegel, en su religiosidad. La religiosidad de un pueblo es la muestra mejor de la forma de su espiritualidad, de su ser y esencia más profunda. Por la vía de su religión cada pueblo no solo tiene conciencia del espíritu universal sino que adquiere conciencia de sí mismo, de su propio ser. La religión muestra a la vez tanto la manera como el pueblo concibe (y por las cuales actúa) sus relaciones con Dios y lo absoluto (incluyendo el poder político, el Estado) y su propio concepto de sí mismo, su autoconciencia. Como vemos, Hegel ya apuntaba a la idea de Feuerbach, de la correlación entre la autoconciencia que el hombre o los pueblos tienen de sí mismos y su conciencia de lo absoluto y de Dios.

En tercer lugar, la religión también representa de la manera más clara, aún para los que carecen de educación, la necesidad de la reconciliación entre individuo y todo ético, entre ciudadano y Estado. En la famosa nota al apartado 552 de la *Enciclopedia*, Hegel afirma que «la verdadera religión y verdadera religiosidad procede de la eticidad y consiste en la eticidad pensante». Por ello la religión es el impulso más fuerte y generalizado para la realización de esa reconciliación; pues, si bien la función esencial del Estado es realizar lo absolutamente universal, los hombres toman conciencia de tal tarea en primer lugar a través de la religión y, solo más tarde, de la ciencia (es decir, la filosofía). Es por ello que, considerando como muchos que «las leyes tienen su garantía suprema en la religión», Hegel piensa que, al oponerse a la religión, los revolucionarios franceses han perdido la complicidad del pueblo.

Ya en su escrito juvenil *Religión del pueblo y cristianismo* remarcaba que «espíritu del pueblo, historia, religión, grado de libertad política, no pueden ser considerados separadamente dado su mutuo influjo y éxitos recíprocos. Están entrelazados en un vínculo, en el cual ninguno de ellos puede hacer nada sin el otro y cada uno recibe algo del resto». Y si bien por entonces atacaba la religión «positiva», dogmática y jerárquico-institucional que tiraniza las conciencias, en la madurez no tiene inconveniente en valorar la institucionalización eclesiástica y casi política de la religión. Aunque menos crudamente que Hobbes, Hegel también ve una gran concomitancia entre religión y Estado, el dios espiritual y el dios mundano, el espíritu absoluto y el espíritu objetivo.

Finalmente, la religión es también la forma más universal y generalizada de reconocimiento del espíritu, pues está en todos los pueblos sin excepción y en todas las gentes. Hegel contrapone la breve, aunque muy brillante, floración de la filosofía griega, a la permanente —antes y después— presencia de la religión en todos los momentos de la historia, en todos los pueblos y en la totalidad de los hombres. En cambio, la filosofía solo levanta su vuelo «científico» y plenamente conceptual cuando los acontecimientos sufren su ocaso (la famosa metáfora hegeliana de la lechuza de Minerva) y tan solo para los pocos filósofos que en el mundo son (y no para los hombres de acción como por ejemplo Napoleón).

En sus Lecciones de historia de la filosofía, Hegel afirma: «como que la conciencia pensante [que es la propia de la filosofía] no es la forma exteriormente general para todos los hombres, es necesario que la conciencia de lo que es verdadera, de lo espiritual, de lo que es racional, asuma la forma de la religión». Podemos sintetizar pues, diciendo que la filosofía suele llegar tarde con su comprensión y solo para unos pocos, mientras que la religión interviene en todo momento e influye a todos.

Ahora bien, no podemos terminar este apartado sin recordar que para Hegel también en y a través de las distintas religiones se manifiesta el desarrollo y progreso del espíritu universal, siendo la suprema el cristianismo (que Hegel considera que culmina con el protestantismo). El motivo básico tanto en clave teológica como, sobre todo, político es que el cristianismo aporta la conciencia que Dios y hombre son uno. Hegel interpreta que la encarnación de Cristo simboliza y realiza la unidad de la naturaleza divina y la humana. Tal encarnación contiene la promesa —insiste Hegel— de que Dios habita en todos los hombres. El cristianismo afirma pues el valor absoluto e infinito del hombre, el cual puede ser admitido por la gracia a la espiritualidad absoluta. Consecuencia de ello, concluye Hegel es que el hombre como tal debe ser valorado simplemente por ser hombre y como ser libre. El cristianismo, además de reconciliar los individuos con el absoluto por la vía del culto y la devoción como el resto de las religiones, piensa Hegel que traerá la reconciliación última y suprema, siendo por tanto la última y culminante religión. El cristianismo no podrá ser superado como contenido. En todo caso —insinúa Hegel— tan solo será superado en la forma (ahora especulativa) y por la propia filosofía hegeliana.

### Relación con el arte y la filosofía

Es sabido que la religión es tan solo uno de los tres momentos del espíritu absoluto, el que media entre el inferior —el arte— y el superior —la filosofía—. Los tres comparten una misma atención y expresión de «lo infinito», «lo absoluto» y «las cuestiones absolutamente universales», puesto que «son las distintas modalidades en que la suprema idea existe... para la conciencia» sensible, intuitiva e imaginativa y especulativa —respectivamente—. En cierto sentido, los tres momentos tienen una similar importancia, así como una misma tarea; pero Hegel distingue estrictamente entre ellos, puesto que se dirigen a varias «facultades» humanas: el arte a la sensibilidad y los sentidos, la religión al entendimiento representativo y la filosofía al pensamiento y la razón especulativa. De ahí nace su diferencia, a la que nos referiremos con suma brevedad.

El arte es presentado por Hegel íntimamente vinculado con la religión, incluso viene a ser una de sus herramientas privilegiadas pues, por la vía del arte, la religiosidad se materializa y se hace sensible. El arte es, en parte, la presencialización de la religión y por eso tiene su lugar específico dentro del culto y los ritos religiosos. La religiosidad se exterioriza por la vía del culto que es, para Hegel, «el acto por el cual la conciencia singular logra la unidad con aquello divino». Es dentro del culto que el arte deviene y materializa la religión para las mentes ineducadas, por eso dice Hegel que el arte (que como espíritu absoluto es otra forma de unión de objetividad y subjetividad) todavía «penetra más que la religión en la realidad y en lo sensible».

Evidentemente, la mayor dependencia del arte respeto de la naturaleza y la sensibilidad, pues está basado en la identidad de forma y contenido, lo hace inferior para Hegel respeto a la religión y la filosofía. El arte es el primer e inferior momento del espíritu absoluto, siendo superado en y por la religión que lo eleva, al utilizarlo en el culto. Hegel afirma que en sus expresiones más elevadas, el arte cumple «la tarea de expresar la religión; no el espíritu de Dios, sino la forma de Dios, y con ella lo divino y lo espiritual en general. En el arte se debe hacer visible lo divino».

En la historia universal, el arte también ocupa un lugar subordinado a la religión, siendo clave —piensa Hegel— sobre todo en aquellos momentos (como Egipto, India y Grecia) en que la religiosidad necesitaba todavía de la presencia sensible. En el arte se hace presente y sensible el mensaje religioso, en él «lo divino se hace visible en la imaginación y en la intuición». El arte «sirve de vehículo a esa conciencia [religiosa], al darle apoyo y fortalecer la apariencia huidiza con la objetividad que se revela y pasa a la sensación». Tanto los egipcios como los griegos tienen en el arte la manera de expresar el contenido del espíritu, ya sea como representación del enigma que quieren resolver y «visualizar» —Egipto—, ya sea como arquetipo y forma universal —Grecia—. Ahora bien, destaca Hegel, en ambos casos olvidan la superioridad del espíritu respeto a toda forma sensible o natural, aunque esta sea la bella forma griega.

Por otra parte, Hegel distingue el arte indio del egipcio y, sobre todo, del griego, pues el primero carece totalmente de espíritu —dice— mientras que el egipcio intenta ya expresar el espíritu como enigma y, en Grecia, como forma bella universalizable, modélica, canónica. Para Hegel el arte griego ha conseguido representar sensiblemente el espíritu como nunca antes, gracias a haber desarrollado la «facultad de adquirir conciencia del espíritu». La aparición del arte indica, pues, que se penetra en el mundo del espíritu, aun cuando no de al espíritu la forma espiritual misma, «sino que su representación empieza siendo producida de una manera exterior». Incluso dice Hegel que el arte «está en el centro del proceso espiritual», puesto que donde el espíritu es informe, un objeto indeterminado y puramente abstracto (como entre los judíos y los musulmanes) el arte es insuficiente y es considerado pecaminoso. Para Hegel estos pueblos rechazan el arte porque se niegan a concretar y a dar forma al espíritu.

Muy al contrario, argumenta Hegel, allí donde el espíritu se puede representar espiritualmente y ya no sensiblemente a sí mismo (en el protestantismo, especialmente), el arte religioso ya no podrá continuar siendo tan valorado y se convertirá de alguna manera en «superfluo». En un tercer momento de la historia, pues, el arte dejará de ser un signo de desarrollo espiritual y ya no será la manera principal como los pueblos más avanzados viven el espíritu. Pues entonces, los hombres han accedido a una comprensión del espíritu más especulativa y conceptual y, por lo tanto, el arte pasa a ocupar un lugar subsidiario en el culto, en la vida cultural y dentro del espíritu absoluto.

Aunque o más bien precisamente porque el arte está subordinado a la religión en la tarea histórica de revelar lo absoluto y sustancial, dejará finalmente de ser necesario cuando se desarrolle la interioridad humana. Mientras el arte era el «maestro de los pueblos» y ayudaba a la religión a educar y dirigir el pueblo, cumplía la función de manifestar sensualmente el espíritu y los dioses enigmáticos o bellos; ahora bien, una vez la interioridad moral y la subjetividad se han desarrollado, piensa Hegel, se podrá vivir el espíritu y la religiosidad sin ayuda de la sensibilidad. Entonces, se produce la famosa «muerte del arte» que Hegel fue de los primeros en proclamar, al considerar que el arte deja de ser necesario y deviene una mera ayuda pedagógica para espíritus todavía no educados.

Evidentemente, Hegel ha evolucionado respeto a su concepción juvenil expuesta en el Systemprogramm. Allí reivindicaba una religión sensible y una mitología de la razón que volvieran estéticas las ideas. De este modo pensaba que se podría cerrar el abismo creciente entre hombres ilustrados y el pueblo llano; además de evitar caer en la fría abstracción y escisión kantianas, las ideas bellas elevarían los hombres sin escindir sus facultades. El arte era considerado, entonces, como el gran remedio contra la escisión, tanto la del cuerpo social entre ilustrados e iletrados, como la interna en cada individuo entre razón y sentimiento.

Pero en el Hegel maduro, las consignas schillerianas han perdido gran parte de su fuerza y Hegel se preocupa más por los aspectos especulativos e intelectuales de la religión y la filosofía. Ya no las ve necesariamente teñidas de forma sensible o mitológica mediante el arte o la poesía, e incluso lamenta la forma todavía representativa de la religión para valorar sobre todo el contenido y la forma plenamente especulativos de la filosofía. Para Hegel la propia filosofía era la puesta en claro especulativa del contenido representativo y transcendentalista de la religión (incluso la superior para él: el cristianismo luterano). Por eso Hegel ve en las últimas etapas de la historia las últimas consecuencias del triunfo de la Reforma que, paradójicamente, también significa la superación de la religión en tanto que exposición superior del espíritu absoluto en la historia. El triunfo definitivo de la Reforma no representa —para Hegel— sino el necesario momento en que la filosofía había alcanzado la madurez necesaria para sustituir la religión como instrumento básico del adoctrinamiento popular.

Además, es evidente que la interpretación que Hegel hace de las doctrinas religiosas cristiano-luteranas comporta ya una clara secularización de sus dogmas. Hegel interpreta de una manera muy concreta doctrinas como el pecado original, la trinidad, la encarnación, los votos de celibato y obediencia, y el concepto mismo de Dios. Hegel puede afirmar que el Estado es divino porque tiene todo un concepto propio y peculiar de divinidad en el fondo muy parecido al de Spinoza. Finalmente la filosofía especulativa, dialéctica y tal como la entendía Hegel sustituía a la religión como principal guía «divina» del pueblo y de las gentes. Por esta razón, Hegel no tiene inconveniente en alabar Platón cuando, según él, afirmó «que constitución y vida política verdaderas se fundamentan profundamente en la idea» o a Sócrates al afirmar que «filosofía y poder político deben coincidir».

## Cronología del tiempo de hegel

| Año | VIDA DE HEGEL | ACONTECIMIENTOS HISTÓRJCOS | ACONTECIMIENTOS CULTURALES |
|---|---|---|---|
| 1770 | •Nace Georg Wilhelm Friedrich Hegel en Sruttgart. | | •Nace en Bonn Ludwig van Beethoven. •Kam es nombrado catedrático. •Primer viaje de Cook. •Lavoisier analiza la composictón del aire. |
| 1773 | •Nace la herma-na Christiane. | •Ratificación del primer reparto de Polonia. •«Rebelión del té» en Boston. | |
| 1774 | | •Hastigs gobernador británico a la India. •Luís XVI rey de Francia. | •Goethe: *Werther*. •Herder: *Otra filosofía de la his-toria*. |
| 1776 | | •Independencia de 13 colonias americanas. •Fundación de la orden secreta de los lluminados para expandir la llustación. | •Muere David Hume. •Adam Smith: *Sobre la riqueza de las naciones*. •Kilnge: *Sturm und Drang*. |
| 1778 | | •En España se con-cede a 13 puertos la libertad de tráfico con América. | •Mueren Voltaire y Rousseau. |
| 1779 | | •España se adhiere a la alianza francoame-ricana en contra de la Gran Bretaña. | •Lessing: *Nathan el sabio*. •Gluck: *Ifigenia en Tauride*. •Hume: *Diálogos sobre la religión natural* (póstumos). |
| 1780 | | | •Se termina de publicar la *Enciclopedia francesa*. |
| 1781 | | •Capitulación del ejercito británico en Yorktown. | •Kant: *Crítica de la razón pura*. •Shiller: *Los bandidos*. •Laclos: *Las amistades peligrosas*. •Herschel descubre Urano. |
| 1782 | | •Independencia for-mal del parlamento irlandés. | •Lessing: *La educación de la humanidad*. •Mozart: *El rapto del serrallo*. |

| 1783 | •Muere la madre | •Gran Bretaña reconoce la independencia de los Estados Unidos. | |
|---|---|---|---|
| 1784 | | •Control gubernamental británico de la Compañía de la Indias Orientales. | •Kant: *¿Qué es ilustración?* •Herder: *Ideas para una filosofía de la historia de la humanidad* (vol. I) |
| 1785 | | | •Kant: *Fundamentación de la metafísica de las costumbres.* •Jacobi: *Cartas sobre la doctrina de Spinoza* |
| 1786 | | •Muere Federico II de Prusia. | •Goethe inicia su viaje a Italia. |
| 1788 | •Hegel entra en el seminario protestante de Tubinguen. •Se hace amigo de Hölderlin. | •Aguda crisis financiera en Francia. •Convocatoria de los Estados Generales. | •Kant: *Crítica de la razón práctica.* •Lagrange: *Mecánica analítica.* |
| 1789 | | •*Derechos del hombre y del ciudadano* •Estalla la Revolución francesa •George Washington, primer presidente de los Estados Unidos | •Liberación del Marqués de Sade que participa de la revolución. |
| 1790 | •Hegel termina filosofía e inicia teología. Comparte habitación con Hölderlin y Schelling. | •Francia: nacionalización bienes eclesiásticos, juramento del clero a la constitución y supresión de la nobleza. | •Kant: *Crítica de la facultad de juzgar.* •Edmund Burke: *Reflexiones sobre la revolución en Francia.* •W. Blake: *Libros proféticos.* |
| 1791 | | •Luis XVI es detenido cuando intentaba huir de Francia. •Primera constitución moderna: Polonia. | •Tomas Paine: *Derechos del hombre.* •Mozart: *La flauta mágica.* |
| 1792 | | •Victoria revolucionaria en Valmy. •Prohibición a Francia las manifestaciones religiosas externas. | •Fichte: *Crítica sobre toda revelación* (es tomada por una obra de Kant y consagra a Fichte). |

| 1793 | •Hegel termina los estudios y consigue trabajo como tutor en Berna. | •Luis XVI y María Antonieta son guillotinados. •Asesinato de Marat. | •Canova: *Amor y Psique*. |
|---|---|---|---|
| 1794 | | •Terror. •Danton es guillotinado. •Final del Terror. •Robespierre es guillotinado. •Rusia aplasta la sublevación de Polonia. | •Mary Wollstonecraft: *Vindicación de los derechos de las mujeres*. •Condorcet: *Esbozo sobre los progresos del espíritu humano*. •Fichte: primera versión de la *Doctrina de la ciencia*. |
| 1795 | | | •Schiller: *Sobre la educación estética de la humanidad*. •Goethe: *Años de aprendizaje de Wilhelm Meister*. |
| 1796 | | •Derrota en Francia de la conjura de los «iguales». Catalina II de Rusia muere. | •Kant publica *La religión en los límites de la mera razón* (será amonestado por ello). |
| 1797 | •Hölderlin le consigue un puesto de preceptor en Frankfurt | •Éxitos militares de Napoleón en Italia. | •Hölderlin: *Hiperión* (primera parte). •Hegel, Schelling y Hörderlin componen el *Primer programa de sistema del idealismo alemán*. |
| 1798 | | •Napoleón en Egipto. •España pierde Menorca. •Jovellanos ministro. | •Laplace: *Exposición del sistema del mundo*. •Fichte dimite al ser acusado de ateo. •Malthus: T*ratado sobre la población*. |
| 1799 | •Muere el padre de Hegel. | •Segunda guerra de coalición contra Francia. | •Beethoven: *Sonata patética*. |
| 1801 | •Schelling lo llama a Jena y escribe *Diferencia entre los sistemas de filosofía de Fichte y Schelling*. Privatdozent sin remuneración | •Cesión a Francia de los territorios a la izquierda del Rin. | •Pestalozzi: *Cómo Gertrudis enseña a sus niños*. Haydn: *Oratorio de las estaciones*. |

| 1802 | •Edición del *Periódico crítico de Filosofía* •Publica *La Constitución de Alemania* | •Napoleón, cónsul vitalicio. •Nace el partido fernandista en contra de Godoy. | •Chateaubriand: *Genio del cristianismo.* |
|---|---|---|---|
| 1803 | •Schelling abandona Jena y se traslada a la nueva universidad de Würzburg. | •Francia ocupa Hannover. •Recrudecimiento de la guerra con la Grn Bretaña. | •Beethoven: *Simfonia heroica,* en un principio dedicada a Napoleón. |
| 1804 | | •Napoleón emperador. | •Promulgación en Francia del Código civil que se llamará «código Napoleón» |
| 1805 | •Hegel es nombrado profesor extraordinario sin remuneración | •Tercera guerra de coalición contra Francia. •Batalla de Trafalgar. | •Muere Schiller. •Moratín: *El sí de las niñas.* |
| 1806 | •Hegel termina: *Fenomenología del espíritu* | •Napoléon fuerza el fin del Sacro Imperio Romano Germánico. •Se crea la Alianza del Rin entre Napoleón y los príncipes alemanes. | •Goethe: *Fausto* (1° parte). |
| 1807 | •Nace su hijo ilegítimo Ludwig. Editor del *Bamberg Zeitung.* •Aparece la *Fenomenología.* | •Prusia pierde todos los territorios al este del Elba. •Dimisión de Talleyrand. | •Prohibición de la trata de esclavos en las colonias británicas. |
| 1808 | •Director del Instituto en Nuremberg. | •Alianza entre Francia y Rusia. •Napoleón invade la península Ibérica. | •Fichte: *Discursos a la nación alemana.* •Jacques-Louis David: *Coronación de Napoleón.* |
| 1810 | | •Napoleón se divorcia de Josefina y se casa con María Luisa de Austria. | •Wilhelm von Humboldt funda la Universidad de Berlín. •Goya: *Desastres de la guerra.* |
| 1811 | •Hegel se casa con Marie von Tucher. | •Fundación de la fábrica de acero Krupp. | •Niebuhr: *Historia de Roma.* |

| | | |
|---|---|---|
| 1812 | •Aparece el primer volumen de la *Ciencia de la lógica*. | •Campaña napoleónica de Rusia. | •Lord Byron: *Childe Harold's Pilgrimage*. |
| 1813 | •Segundo volumen de la *Ciencia de la lógica*. •Nace su hijo Karl. | •Napoleón reaparece derrotado de Rusia. •Wellington en España. | •Jane Austen: *Orgullo y prejuicio*. •Robert Owen: *Una nueva visión de la sociedad*. |
| 1814 | •Nace su hijo Immanuel. | •Destierro de Napoleón a la isla de Elba. | •Walter Scott: *Waverley*. |
| 1815 | | •Congreso de Viena. •Napoleón regresa, los 100 días. •Batalla de Waterloo. | •Savigny: *Historia del derecho romano en la Edad Media*. |
| 1816 | •Tercer volumen de la *Ciencia de la lógica*. •Nombrado profesor en la Universidad de Heidelberg. | | •Franz Bopp: descubre el parentesco de las lenguas indoeuropeas. •Rossini: *El barbero de Sevilla*. |
| 1817 | •*Enciclopedia de las ciencias filosóficas*. •Coedita los Anuarios de Heidelberg. | •España se adhiere a la Santa Alianza. •Restauración absolutista en toda Europa. | •David Ricardo: *Principios de economía política y de tributación*. |
| 1818 | •Hegel es nombrado profesor en la Universidad de Berlín. | •Anuncios generalizados de reformas liberales, pronto bloqueadas. | •Goya: *Pinturas negras*. •Leopardi: *Cantos*. |
| 1819 | | •Involución, Dimisión de Humboldt y von Boyen. | •Schopenhauer: *El mundo como voluntad y representación*. |
| 1820 | | •Inicio del Trienio Constitucional en España. | • Percy Bysshe Shelley: *Prometeo liberado*. • Walter Scott: *Ivanhoe*. |
| 1821 | • *Filosofía del derecho*. Decano de la Facultad de Filosofía. | • Inicio de la guerra de independencia griega. •Muere Napoleón en las isla de Santa Elena | • Faraday descubre el principio del motor eléctrico. |

| 1823 | | •Restauración abso-lutista en España. Los Cien Mil Hijos de San Luis. | •Beethoven: Novena sinfonía. • •Adolphe Thiers: *Historia de la Revolución francesa.* |
|---|---|---|---|
| 1824 | | •Represión antiliberal en España. | •Delacroix: *Matanza en Chíos.* •Ranke: *Para la crítica de los nuevos historiadores.* |
| 1826 | •Fundación de los Anuarios para la crítica cien-tífica. | • Reconocimiento británico de la inde-pendencia de las repúblicas iberoame-ricanas. | |
| 1827 | •Segunda edición aumentada de la *Enciclopedia de las ciencias filo-sóficas.* | •Asociación aduanera alemana (sin Austria) | •Victor Hugo: manifiesto románti-co en el Cromwell. |
| 1829 | •Rector electo de la Universidad de Berlín. | •Reconocimiento turco de la indepen-dencia griega. | •Balzac: inicia la serie *La comedia humana.* •Goethe: *Años de peregrinación de Wilhelm Meister.* |
| 1830 | •Tercera edición aumentada de la *Enciclopedia de las ciencias filo-sóficas.* | •Revolución de Julio en Francia. •Serie de revoluciones en toda Europa. | •Stendhal: *El rojo y el negro.* •Pushkin: *Eugenio Oneguín.* |
| 1831 | •Reelaboración del volumen I de la *Ciencia de la lógica.* •Hegel muere el 14 de noviembre. | •Constitución liberal en Bélgica. •Aplastamiento ruso de la revolución polaca. | •Víctor Hugo: *Nuestra Señora de París.* •Delacroix: *La libertad guía al pueblo.* |

## Sobre la bibliografía aconsejada al lector

Recomendamos al amable lector la siguiente bibliografía si quiere profundizar en el complejo y rico pensamiento de Hegel. Ya le avisamos que hay otra bibliografía más especializada y que profundiza aún más en algunos aspectos concretos, pero la que le recomendamos ofrece en conjunto al amable lector una base sólida más que suficiente e, incluso, le abrirá las puertas para una ulterior investigación más pormenorizada. Hemos privilegiado las mejores y más accesibles traducciones de algunos grandes clásicos hegelianos que creemos que han sobrellevado muy bien el paso del tiempo. Además remitimos a las interpretaciones de estudiosos españoles o en lengua castellana de más fácil acceso, porque dan un enfoque muy próximo y comprensible de la significación actual del complejo pensamiento hegeliano.

### Fuentes

Hegel, G. W. F., *Fenomenología del espíritu*. Fondo de Cultura Económica, 2• ed., Madrid, 1988.

*Enciclopedia de las ciencias filosóficas*. Alianza Editorial, Madrid, 1997.

*Principios de la filosofía del derecho*, Editorial Sudamericana, Buenos Aires, 1975.

*Diferencia entre el sistema de filosofía de Fichte y el de Schelling*, ed. Juan A. Rodríguez Tous, Alianza, Madrid, 1989.

*Ciencia de la lógica*, Hachette, Buenos Aires, 1956; reed. Solar, Buenos Aires, 1982.

*Escritos de juventud*, ed. J.M. Ripalda, FCE, México, 1977.

*Enciclopedia de las ciencias filosóficas*, ed. Ramón Valls Plana, Alianza, Madnd, 1997.

*Principios de la filosofia del derecho*, Ed. Sudamericana, Buenos Aires; reed. Edhasa, Barcelona, 1988 (1999, 2º ed.).

*Lecciones de estética*, Península, Barcelona, 1989 y 1991, 2 vols.

*Lecciones sobre filosofía de la religión*, 3 vols, Alianza, Madrid, 1984.

*Lecciones sobre la filosofía de. la historia universal*, *Revista de Occidente*, Madrid, 1928; reed. Alianza, Madrid, 2001.

*Lecciones de filosofía de la historia*, ed. José Mª Quintana Cabanas, PPU, Barcelona, 1989.

*Lecciones sobre historia de la filosofía,* PCE, México, 1955.
*Lecciones sobre filosofía de la religión,* Alianza, Madrid, 1987.
*Escritos pedagógicos,* FCE, 1991.

## Estudios generales

Adorno, Theodor W., *Tres estudios sobre Hegel,* Madrid: Taurus, 1974.

Alonso Olea, Manuel, *Alienación. Historia de una palabra,* Instituto de Estudios Políticos, Madrid, 1974.

Álvarez Bolado, A., *En torno a Hegel,* Universidad de Granada, Granada, 1974.

Álvarez, Eduardo, *El saber del hombre,* Trotta, Madrid, 2001.

Álvarez, Mariano, *Experiencia y sistema,* Universidad Pontificia, Salamanca, 1978.

Amengual, Gabriel (ed.), *Estudios sobre la «Filosofía del derecho» de Hegel,* Centro de Estudios Constitucionales, Madrid, 1989.

Aranda, Cayetano, *Lenguaje y trabajo en el pensamiemo de Hegel,* Instituto de Estudios Almerienses, Almería, 1992.

Bloch, Ernst, *Sujeto-objeto. El pensamiento de Hegel,* FCE, México, 1975.

Bourgeois, Bernard, *El pensamiento político de Hegel,* Amorrortu, Buenos Aires, 1969.

Colomer, Eusebi, *El pensamiento alemán de Kant a Heidegger.* Vol. 2, Herder, Barcelona, 1993.

Cortés del Moral, Rodolfo, *Hegel y la ontología de la historia,* UNAM, México, 1980.

Cruz Vergara, Eliseo, *La concepción del conocimiento histórico en Hegel,* Universidad de Puerto Rico, Puerto Rico, 1997.

Cuartango, Román G., *Una nada que puede ser todo,* Límite, Santander, 1999.

Cuartango, Román G., *Hegel. Filosofía y modernidad,* Montesinos, Barcelona, 2005.

Díaz, Carlos, *Hegel, filósofo romántico,* Cincel, Madrid, 1985.

Díaz, Carlos, *El sueño hegeliano del estado ético,* San Esteban, Salamanca, 1987.

D'Hondt, Jacques, *Hegel, filósofo de la historia viviente*, Amorrortu, Buenos Aires, 1971.

D'Hondt, Jacques, *De Hegel a Marx*, Amorrortu, Buenos Aires, 1974.

D'Hondt, Jacques, *Hegel secreto*, Corregidor, Buenos Aires, 1976.

D'Hondt, Jacques, *Hegel*, Tusquets, Barcelona, 2002.

Duque, Félix, Hegel. La especulación de la indigencia, Granica, Barcelona, 1990.

Duque, Félix, *La Restauración: La escuela hegeliana y sus adversarios*, Akal, Madrid,1999.

Elías de Tejada, Frandsco, *El hegelismo jurídico español*, Revista de Derecho Privado, Madrid,1944.

Escotado, Antonio, *La conciencia infeliz. Ensayo sobre fa filosofía de la religión de Hegel*, Revista de Occidente, Madrid, 1972.

Findlay, John N., *Reexamen de Hegel*, Grijalbo, Barcelona, 1969.

Flórez, Cirilo y Álvarez, Mariano (eds.), *Estudios sobre Kant y Hegel*, Salamanca, 1982.

Flórez, Ramiro, *La dialéctica de la historia en Hegel*, Gredos, Madrid, 1983.

Flórez, Ramiro, *Al habla con Hegel y tres lecturas españolas*, Fund. Univ. Esp., Madrid, 1995.

Gadamer, Hans-Georg, *La dialéctica de Hegel. Cinco ensayos hermenéuticos,* Cátedra, Madrid, 1979.

Garaudy, Roger, *Dios ha muerto. Estudio sobre Hegel*, Siglo Veinte, Buenos Aires, 1973.

García Casanova, J.F., *Hegel y el republicanismo en la España del XIX,* Universidad de Granada, Granada, 1982.

Gómez Pin, Víctor, *Hegel*, Barcanova, Barcelona, 1980.

Heidegger, Martin, *La Fenomenología del espíritu de Hegel*, Alianza, Madrid, 1992.

Henrich, Dieter, *Hegel en su contexto*, Monte Ávila, Caracas, 1990.

Hyppolite, Jean, *Introducción a la filosofía de la historia de Hegel*, Calden, Buenos Aires, 1970.

Hyppolite, Jean, *Lógica y existencia*, Herder, Barcelona, 1996.

Hyppolite, Jean, *Génesis y estructura de la «Fenomenología del espíritu» de Hegel*, Península, Barcelona, 1974.

Innerarity, Daniel, *Hegel y el romanticismo*, Tecnos, Madrid 1993.

Izuzquiza, Ignacio, *Hegel o la rebelión contra el límite*, Prensas Universitarias de Zaragoza, Zaragoza, 1990.

Jaeschke, Walter. Hegel. *La conciencia de la modernidad*, Akal, Torrejón de Ardoz, 1998.

Kaufmann, Walter, *Hegel*, Alianza, Madrid, 1965.

Kojève, Alexandre, *La concepción de la antropología y del ateísmo en Hegel*, La Pléyade, Buenos Aires, 1972.

Kojève, Alexandre, *La dialéctica del amo y del esclavo en Hegel*, La Pléyade, Buenos Aires, 1982.

Kojève, Alexandre, *La idea de la muerte en Hegel*, Leviatán, Buenos Aires, 1982.

Kojève, Alexandre, *La dialéctica de lo real y la idea de la muerte en Hegel*, La Pléyade, Buenos Aires, 1984.

Lacaste, José Ignacio, *Hegel en España*, Centro de Estudios Constitucionales Madrid, 1984.

Löwith, Theodor, *El sentido de la historia*, Aguilar, Madrid, s.f.

Löwith, Theodor, *De Hegel a Nietzsche*, Sudamericana, Buenos Aires, 1978.

Lukács, Georg, *El joven Hegel y los problemas de la sociedad capitalista*, Grijalbo, Barcelona. 1970.

Marcuse, Herbert, *Ontología de Hegel y teoría de la historicidad*, Martínez Roca, Barcelona. 1970.

Marcuse, Herbert, *Razón y revolución. Hegel y el surgimiento de la teoría social*, Madrid, Alianza, 1976.

Martínez Marzoa, Felipe, *Hölderlin y la lógica hegeliana*, Visor, Madrid, 1995.

Masmela, Carlos, *Hegel. La desgraciada reconciliación del espíritu*, Trotta, Madrid, 2001.

Mayos, Gonçal, (http://www.ub.es/histofilosofialgmayos), *Ilustración y Romanticismo*, Editorial Herder, Barcelona, 2004.

Mayos, Gonçal, «Revoluciones filosóficas en años críticos» *Revista de Occidente*, nº 282, pp 36-57, 2004.

Mayos, Gonçal, «La periodización hegeliana de la historia, vértice del conflicto interno del pensamiento hegeliano», *Pensamiento. Revista de inves-*

*tigación e información filosófica*, n.º 183, voL 46, pp. 305-332, Madrid, julio-septiembre 1990.

Mure, G.R.C., *La filosofia de Hegel*. Cátedra, Madrid, 1998.

Ortega y Gasset, José, «Kant, Hegel, Dilthey». *Revista de Occidente*, Madrid, 1965.

Paredes, M.ªCarmen, *Génesis del concepto de verdad en el joven Hegel*, Universidad de Salamanca, Salamanca, 1987.

Paredes, M.ªCarmen, *Política y religión en Hegel*, Universidad de Salamanca, Salamanca, 1995.

Pinkard, Ferry P., *Hegel. Una biografía*, Acento, Madrid, 2001.

Piulats, Octavi, *Antígona y Platón en el joven Hegel*, Integral, Barcelona. 1989.

Pizán, Manuel, *Los hegelianos en España*, Cuadernos para el Diálogo, Madrid, 1973.

Polo, Leonardo, *Hegel y el posthegelianismo*, EUNSA, Pamplona. 1999.

Raurich, Héctor, *Hegel y la lógica de la pasión*, Marymar, Buenos Aires, 1976.

Ripalda, José María, *La nación dividida. Raíces de un pensador burgués: G. W. F. Hegel*, FCE, México. 1978.

Ripalda, José María, *Fin del clasicismo. A vueltas con Hegel*. Trotta, Madrid. 1992.

Ripalda, José María, *Comentario a la filosofía del espíritu de Hegel, 1805-06*, UNE.D/FCE, Madrid, 1993.

Saña, Heleno, *La filosofía de Hegel*, Gredos, Madnd, 1983.

Segura. Armando, *Logos y praxis*, Tat, Granada, 1988.

Serreau, René, *Hegel y el hegelianismo*, Ed Univ. Buenos Aires, Buenos Aires, 1978.

Simon, Josef, *El problema del lenguaje en Hegel*, Taurus, Madrid, 1979.

Taylor, Charles, *Hegel y la sociedad moderna*, FCE, México, 1 983.

Trías, Eugenio, *El lenguaje del perdón. Un estudio sobre Hegel*. Anagrama, Barcelona, 1981.

Valls Plana, Ramón, *Del yo al nosotros*, Estela. Barcelona, 1971.

Varcáncel. Amelia, *Hegel y la ética*, Anthropos, Barcelona, 1988.

Weil, Eric, *Hegel y el Estado*, Nagelkop. Buenos Aires, s.f.